溺愛花嫁

朝に濡れ夜に乱れ

すずね凛

Illustration
ウエハラ蜂

蜜猫
MitsuNeko

溺愛花嫁　朝に濡れ夜に乱れ

contents

イラスト／ウエハラ蜂

溺愛花嫁

朝に濡れ夜に乱れ

プロローグ

「ただいまから、リュシアン皇太子殿下が、この箱の中からひとつだけ玉を選ばれます。その玉の色と同じ花を持った令嬢が、皇太子妃候補に決定します」

金ぴかのお仕着せを着た白い髭《ひげ》の侍従が、紫檀《したん》の箱を手に掲げる。

謁見の間の一段高い位置にある深紅の天鵞絨《ビロード》張りの玉座には、皇太子リュシアンが姿勢よく座っている。

豊かな栗色《くりいろ》の髪、知的な青い眼、高い鼻筋に形の好《い》い唇。手足が長くすらりとした長身。金糸の刺繍《ししゅう》をほどこし青色を基調のゆったりとしたジュストコール（長上着）とぴったりしたトラウザーズが、スタイルの良さを際立たせている。「オーランド王国の至宝」とまで言われ、国中の女性をときめかせるリュシアンの白皙《はくせき》の美貌は、今日は一段と光り輝いている。

その玉座の前に顔を伏して、五人の令嬢がずらりと並んでいる。

歳《とし》の頃は、花の盛りの十七歳から十九歳。

国中の家柄の好い貴族から選びぬかれた、佳人ぞろいだ。

どの令嬢も贅《ぜい》を尽くしたドレスに身を包み、百花繚乱といったおもむきだ。全員が手にそれぞれ色の違う花を一本携えている。

中でも、一番右端の真っ白なドレスに身を包んだ金髪の令嬢は、ひときわ抜きん出て美しい。パニエで膨らませたスカートはドレープをたっぷり寄せ優美さを増し、コルセットで整えたウエストは折れそうなほどに細い。襟元や袖口には、繊細なレースがふんだんに使われ、深くくれた胸元からは、肌理《きめ》の細かいまろやかな乳丘がのぞいている。ふさふさした金髪はふっくらと頭の上に結い上げサイドは綺麗にカールさせ、真っ白な薔薇の造花で飾られている。卵形の顔にぱっちりした緑の眼、まっすぐな鼻筋、愛らしいつんとした紅唇。はっとするほど初々しい美貌だ。

しかし伏せたその美しい顔は、青ざめている。

（どうか私が選ばれませんように！）

十七歳になったばかりのエヴリーヌ・クレマンは、心の中で必死で祈っていた。

「では皇太子殿下、どうぞ」

侍従が恭《うやうや》しく箱を掲げると、リュシアンは重々しくうなずいた。

「ああ」

リュシアンはしなやかな手を伸ばし、箱の中へ入れる。

居並ぶ令嬢たちが、ごくりと生唾を飲む気配がする。

リュシアンはしばらく箱の中を探ってから、おもむろに手を抜き出した。そして、手中に収めた玉を侍従に渡す。

顔を伏せている令嬢たちには、はたして彼が何色の玉を選んだのかは窺《うかが》い知ることはできない。

エヴリーヌは心臓が口から飛び出しそうなほど、どきどきする。

「皇太子殿下が選ばれました玉の色は――」

静まり返った謁見の間に、侍従の声だけが響き――。

「白です！　白い花を持たれた御令嬢、面を上げ、名乗りなさい」

はっと令嬢たちの間に、緊張が走る。

選ばれたのは、誰？　と、令嬢たちが身じろぐ。

エヴリーヌは全身の血が凍り付くような気がした。

「白い花を持たれた御令嬢、聞こえませんでしたか？」

侍従の声に促され、おずおずと顔を上げたのは――。

エヴリーヌであった。

華奢《きゃしゃ》な手に、白い百合の花が握られている。

その手が微《かす》かに震える。

(嘘《うそ》！　私が……私が皇太子妃に選ばれたの⁉)

消え入りそうな声で、言う。

「エ、エヴリーヌ・クレマンです……」

リュシアンが、すっと玉座から立ち上がる。

その青い眼差しが、まっすぐエヴリーヌを見つめる。

しばらく彼女を凝視していたリュシアンの、形の好い口元がふいに意地悪げに持ち上がる。

「お久しぶりだね、エヴリーヌ嬢。相変わらず、アマガエルみたいなご面相だね」

よく通るバリトンの声から、屈辱的な言葉が投げかけられる。

エヴリーヌは目の前が真っ暗になりそうだった。

第一章　意地悪王子と結婚

オーランド王国は、大陸の北寄りに位置した広大な森林と湖沼を有する、美しい国である。林業を主体に緻密な刺繍《ししゅう》の織物などの交易で、国は豊かに栄えている。

オーランド国の王宮は、首都モルブルグの中央に位置し、大理石をふんだんに使った総石造りの堅牢《けんろう》な高い城は、背後の城壁が翼のように見えることから、「天馬の城」と呼び慣らわされていた。

国王オベール二世は厳格だが公明正大な賢王で、国民の絶大なる支持を受けていた。

その国王の唯一の跡継ぎが第一皇太子リュシアンである。

オーランド国では代々王位継承者は二十歳になると、国中の由緒正しい貴族の家から年頃の娘を選んで、妃として娶《めと》る習わしになっていた。

リュシアン皇太子は今年二十歳になった。

そのため半年前、王宮から主立った貴族の家々に通達がきた。

曰《いわ》く、「王宮ではこの度、皇太子の花嫁選びの儀を行うことを決定した。名だたる貴族の家から、妙齢の令嬢を厳選する。呼び出しのあった令嬢は、五月一日に王宮へ出向くよう。そこで皇太子により引き札で最終決定が下される。選ばれた令嬢は、謹んで栄誉を受けるように」

年頃の五人の令嬢が選ばれ、城に招かれた。

そして――。

今日、エヴリーヌが晴れて皇太子妃候補の名誉を射止めたのだ。

いや、彼女にとっては心ならずも、ではあったが――。


その日の午後、皇太子リュシアンは王宮の南にある自室で、右の掌《てのひら》をじっと見つめながらもの思いに耽《ふけ》っていた。

そこへ騎士のシャルロがドアを軽くノックし、恭しく入ってくる。

短髪の黒髪に精悍《せいかん》な引き締まった風貌のシャルロは、リュシアンの乳兄弟であり第一の護衛役でもある。幼い頃から気ごころの知れた仲のせいで、身分の違いを越えてリュシアンの良き相談役である。

「お寛《くつろ》ぎのところ失礼します。間もなく皇太子妃候補に選ばれました、エヴリーヌ・クレマン嬢のお召替えが終わります。殿下、そろそろ仕度を――」

「ああ、もうそんな時間か」

リュシアンは、ふっと我に返ったように振り返る。

するとかしこまっていたシャルロが、少しからかうような口調で言う。

「おめでとうございます。ついに殿下は、意中の姫を手にしましたね。策を弄《ろう》したかいがあったというものです」

リュシアンは、白皙の頰《ほお》をわずかに赤らめる。

「何を言う！　これは公平に選んだことだ」

シャルロはむきになって言い返す二つ年下の皇太子を、にこやかに見つめる。

「はいはい、表向きはそういうことにしておきましょう。ともあれ、殿下は最愛の乙女を手に入れたことには変わりないのですから」

リュシアンはますます顔を上気させるが、乳兄弟の軽口は無視することに決めたのか、ふいに表情を引き締めて、言う。

「行くぞ。淑女を待たせてはいかんからな」

シャルロは頭を下げると、先に歩き出したリュシアンの後ろに付き従う。


一方――。

皇太子妃候補に選ばれたエヴリーヌは、王宮にとどまるように命じられた。

再度皇太子にお目通りし、問題がなければ婚約成立としてそのまま皇太子妃になるべく準備に入る手はずになっている。

王宮の女官たちから身を清められ、新たに用意されていたドレスに着替えさせられる。

王宮御用達の仕立て屋の仕上げたドレスは、裕福な公爵家で育ったエヴリーヌですら見たこともないような豪奢なものだ。

最新流行のウエストを細く締めスカートを大輪の花のように膨らませドレープを長く後ろに引いたピンクのドレスは、まるでエヴリーヌのためにあつらえたかのようにぴったりで、女官たちも息を呑《の》むほどに美しく仕上がった。

しかし、ひとり客間で待機させられたエヴリーヌの胸は、戸惑いと恐怖に張り裂けそうだった。

（どうしよう……嫌なのに——あんな意地悪な王子様と結婚なんて）

不安に紅唇を噛《か》みしめる。

『相変わらずアマガエルみたいなご面相だね』

嘲笑《あざわら》うように言った先ほどのリュシアンの言葉を反芻《はんすう》する。

（皇太子様だって私のことがお嫌いなんだわ。でも、公平な玉選びで私が当たってしまったものだから、しぶしぶ承諾したんだわ）

そこまで考えてから、ふっと一条の光を見いだす。

（そうよ——皇太子様が私を気に入られないなら、今からの対面できっとそうおっしゃるに違いない。再度、花嫁選びをしなおすと。彼の立場なら、それができるもの）

そう考えると、やっと気持ちが落ち着いた。

（リュシアン皇太子殿下——十年ぶりかしら。とても美しくご立派になられていて、少し驚いたわ。あれであんなに意地悪でなかったら——）

ふいにエヴリーヌの胸がちくんと痛む。

（そうしたら、とても素敵な王子様で、私だってどんなに心がときめいたろうに……）

こんな晴れの日に、エヴリーヌは悄然としてうつむいていた。


「待たせたな、エヴリーヌ嬢」

客間のドアが開き、リュシアンが足取り軽く部屋に入ってくる。

エヴリーヌは慌てて椅子から立ち上がり、礼に則《のっと》ったお辞儀をする。

「いいえ、皇太子殿下にはご機嫌麗しく――」

するといきなりぐいっと腕をつかまれて、身体を引き起こされた。

「きゃ……」

驚いて高いヒールを履いた足元がもつれそうになる。そのよろけた身体をさっと支えて、リュシアンがまともに顔を見る。

「なんだ、そんな堅苦しい挨拶はもういい。私たちは婚約したんだから」

エヴリーヌは目を丸くする。

「え、婚……約？　嘘……」

彼女の予想では、王子は今回の花嫁選びは無効にすると宣言するはずであった。

「嘘なものか。君は公平に選ばれたのだ。これは決定事項だ」

リュシアンが、口の端を持ち上げてにやりと笑う。

「だから、もう君は私のものだ」

端整な顔に間近に見つめられ、思わず胸がどきどき高鳴ってしまう。

しかし、次の瞬間乱暴に唇を塞がれて、息が止まりそうになった。

「んぅ……っ」

突然何をされたのか分からず、エヴリーヌは目を見開く。

リュシアンのさらさらした栗色の髪が頬をくすぐる。

突然キスをされたのだと気がつくまで、しばらくかかった。

呆然《ぼうぜん》としている間に、男の舌が強引に唇を割って中に押し入ってくる。

「ふぅ、う……っ」

ぬるぬると熱い舌先が歯列をなぞり歯茎を擽《くすぐ》る。

「んや、や……っ」

成人した男性からキスをされるのは、生まれて初めてだった。

父公爵と、挨拶代わりの軽いキス程度しか経験のないエヴリーヌにとって、そんな深い口づけがあることすら、知らなかった。

「……や、んぅ、うっ……」

思わず顔を捩《ねじ》って引き離そうとすると、リュシアンの片手が素早く後頭部を押さえ、もう片方の手が細腰をぐっと引きつける。

「く……んん、ん……」

抵抗する術を失ったエヴリーヌは、リュシアンの思うまま口蓋から喉奥まで舌で縦横無尽に舐《ねぶ》られてしまう。いやいやと首を振ろうとすると、溢《あふ》れる唾液を啜《すす》り上《あ》げながら低くつぶやく。

「やっと捕まえたんだ、もう逃がさないよ」

国中の女性をときめかす整った美貌が間近に迫る。

「や……」

磨き上げられたサファイアのような瞳で見つめられると、なぜか全身の血が涌《わ》き上るようで身動き出来ない。

その隙に、リュシアンの濡《ぬ》れた舌がまた口腔《こうこう》に押し込まれる。

「ふ……くぅ……んんぅ」

口の中をぬるぬると掻《か》き回《まわ》され、王子の舌が怯《おび》えて縮こまるエヴリーヌのそれに触れる。

「んっ」

その熱く不思議な舌の感触に、思わず腰がびくんと跳ねる。

リュシアンはぬるりとエヴリーヌの口腔を擦り、そのまままきつく舌を絡めて吸い上げた。そのとたん、背中から脳芯にかけてなにか未知の甘い疼《うず》きが駆け抜け、膝ががくがく震えてしまう。

「ふうう……」

全身を強《こわ》ばらせ息継ぎも忘れて、ただ王子の長い口づけを受け入れ、頭がぼんやり霞《かす》んでいく。キスがこんなにも深く激しいものとは知らなかった。

「ん、んぅ、は……ぁ」

熱い舌に口腔中を貪られ、身体中の血が熱くたぎり始める。

「は……ぁ、あ……」

硬直していた身体が次第に解け、逆にぐったり力が抜けてしまい、リュシアンの腕に支えられていないとそのまま床に崩れ落ちそうだ。

「ふ……はぁ、は……」

つい甘い声が漏れ、恥ずかしさに全身がかあっと燃え上がるようだ。

リュシアンは無抵抗になったエヴリーヌの口腔を、存分に堪能する。

巧みな舌の動きがもたらす不可思議な愉悦に、溺れてしまいそうだ。

「ぁ……あぁ……」

ようやくリュシアンが唇を離し、蕩《とろ》けきった表情を浮かべるエヴリーヌの顔をじっと覗《のぞ》き込《こ》む。その吸い込まれそうな深い青い瞳に見つめられると、訳も無く心臓が早鐘を打つ。

「私の花嫁になるね？」

有無を言わさぬ口調。

エヴリーヌは魅入られたように潤んだ瞳で彼を見返す。

「さあ、はっきりと言うんだ」

リュシアンは、柔らかな唇を火照った頬や目尻に押し付け、耳朶《じだ》の後ろにちろりと舌を這《は》わせる。

「ひ……やぁっ」

とたんに背筋が震えるほどの切ない痺《しび》れが走り、エヴリーヌは甘い悲鳴を上げる。

「そこ、やめて……いやぁ」

耳朶の後ろを舐められると、ぞくぞくするほど感じてしまい、身体のどこか奥深いところに痛みにも似た疼きが生まれる。なぜそんななんでもない部分が、こんなにも耐え難《がた》く疼いてしまうのか、初心《うぶ》なエヴリーヌには見当もつかない。

「やめないよ、君がうんと言うまで」

リュシアンは少し意地悪げに言いながら、執拗《しつよう》に彼女の感じやすい部分に舌を這わせる。

「そん……な、あ、や……ぅう……」

未知の快楽に翻弄され、皇太子の腕の中で身悶《みもだ》える。

意地悪な彼に言われるままになりたくない。なのに身体はますます昂《たかぶ》り、理性が溶けてしまう。耳朶に熱い息を吹き込まれ舌を差し込まれると、もうもたなかった。

「あぁ、あ、します……は、花嫁になります……だから、もう許して……」

そう口にしたとたん、リュシアンは感じやすい耳朶を甘く噛《か》んできた。

「あぁ、やぁああっ」

激しい愉悦が全身を貫く。

甲高い嬌声《きょうせい》を上げると同時に、意識が真っ白に染まってしまう。

「よろしい。エヴリーヌ嬢、私と君は正式に婚姻の約束を結んだ」

腕の中でくったり身を預けてるエヴリーヌを抱きしめ、リュシアンが満足そうに言う。

(わ、私ったら……なんてことを)

虚《うつ》ろな意識のどこかで狼狽《うろた》えるが、それも広い胸に抱かれているうちに消えてしまう。


「なんて幸運でしょう！　皇太子殿下がお前の色を引き当てるなんて」

王宮から一時戻されたエヴリーヌを迎えたクレマン家では、娘の栄誉にお祭り騒ぎであった。

しっとりした美貌のクレマン夫人は、夫である公爵の手を取って喜びの涙を流していた。

「この子、舞踏会ではダンスのお相手に不自由しないほど殿方の気を引いていたのに、なぜだかまったく結婚の申し出がなかったでしょう。本当に心痛めていましたわ」

落ち着いた物腰のクレマン公爵も、興奮に目を輝かせてうなずく。

「私もうちの娘はこのままでは行き遅れてしまうのでは、と頭を抱えていたのだ。よもや、皇太子妃に選ばれるとは。神はエヴリーヌに最高のお相手をお選びになったのだな」

エヴリーヌの下の妹達も、頬を上気させてきゃあきゃあ騒ぐ。

「ああ、あんなハンサムで素敵な皇太子殿下に選ばれるなんて、お姉様はとてもお幸せね」

「うらやましいわ、お姉様。皇太子殿下に弟君がおられたら、紹介していただけたのに」

家族の喜びにわきたつ様子を見ながら、エヴリーヌは気が重かった。

(これを幸運、と言うのかしら……)

　クレマン夫人の言う通り、年頃なのにエヴリーヌには求婚者が一人も現れなかったのは事実だ。

　公爵は早くに長女を社交界入りさせ、華々しくお披露目《ひろめ》していた。

　輝くばかりの美貌を持つエヴリーヌは、舞踏会では独身の殿方から引く手あまたで、両親は彼女の嫁ぎ先は不自由ないと確信していた。

　それなのに、どこの貴族の家からも結婚の申し込みがなかった。

　思いあまったクレマン公爵が、知り合いの公爵家にそれとなく話を向けてみても、どの家からもなぜか曖昧に断られてしまった。

（私に魅力がないせいだわ……）

　エヴリーヌは自信を失い、すっかりふさぎ込んでしまっていた。

　そこに、降ってわいたように皇太子の花嫁候補にとの話がきたのだ。両親の喜びようといったらなかった。

　その上に、見事皇太子妃の座を射止めたのだ。

　両親の浮き立つ姿を見るとエヴリーヌはとてもこの結婚に気が進まない、とは言えなかった。

　王族の結婚式の日取りは次の満月の日に国中の占星術師を集めて、一番良い日を決定するということになっている。

それより早く、王室の暮らしに馴染《なじ》むために城に入るよう命を受け、エヴリーヌは三日後には取る物も取りあえず、身の回りのものだけ持って「天馬の城」に入った。

まるで嵐にさらわれるように自分の運命がめまぐるしく変わっていくことに、不安で胸が押しつぶされそうだった。


城に到着し客間でひと息ついていると、黒髪の騎士と赤毛の女官がしずしずと部屋に入ってきた。

「お初にお目にかかります。クレマン公爵令嬢。私は皇太子付きの護衛兵、シャルロと申します。以後よろしくお願いします」

がっちりした体格の若い騎士は、礼儀正しく膝を着いて挨拶する。

「初めまして、エヴリーヌ様。ネリーと申します。今日より、エヴリーヌ様のお身の回りの世話係に任命されました。何卒《なにとぞ》よろしくお願いします」

エヴリーヌと同い年くらいの愛嬌《あいきょう》のある顔つきの女官が、スカートを摘《つま》んで頭を下げる。

「ま、まあ、こちらこそ、よろしくお願いします」

エヴリーヌは、座っていた椅子から慌てて立ち上がり、自分も優雅に礼を返した。

するとシャルロとネリーは一瞬顔を見合わせた。

なにかまずいことをしただろうか、と　エヴリーヌは内心おろおろする。

するとシャルロがにっこりと微笑《ほほえ》んで言う。

「エヴリーヌ様はもうすぐ皇太子妃になられるのです。そのように私たち侍従に礼を返すことなど、無用なのですよ」

エヴリーヌは柔らかな物腰のシャルロに心が救われる思いだった。

「そうなの――でも急に偉そうにはとてもできないわ。お二人は私と歳《とし》も近いし、宮殿のことは何も知らない私に力を貸してください」

ネリーが髪の毛に負けないくらい頬を上気させ、はきはき返事をする。

「分かりました。私、エヴリーヌ様のためにこの命に代えましても、全力でお仕えいたします！」

たった一人で突然王宮に入ることになったエヴリーヌは、この二人に気持ちが救われる思いだった。

と、ふいに客間の開いていた扉の陰から冷ややかな声が聞こえた。

「王宮のことなど、私が全部教えてやる」

シャルロとネリーが、はっと平伏する。

扉の陰からリュシアンが現れた。

「皇太子殿下――」

エヴリーヌも慌てて頭を下げる。

「まず最初に――」

つかつかと歩み寄ってきたリュシアンは、エヴリーヌの前に立つと腰に手を当てて彼女を見下ろす。

「そういう他人行儀な礼は無用にしてもらいたい」

そのぶっきらぼうな言葉に、恥ずかしさで耳朶《みみたぶ》まで血が昇る。

おずおず顔を上げると、言葉とは裏腹にリュシアンの表情は面白そうに微笑んでいる。

不機嫌なのか面白がっているのか分かりかねる彼の態度に、エヴリーヌは戸惑ってしまう。

「二人とも悪いが今は席を外してほしい。晩餐《ばんさん》の前に彼女の部屋に案内してやってくれ」

リュシアンの言葉に、控えていた二人は頭を下げたまま客間を退出してしまう。

「あ……」

皇太子と二人きりにされ味方がいなくなってしまったようで、エヴリーヌの緊張感は高まってくる。

もじもじうつむいていると、リュシアンはさっさと一人で側の椅子に腰を下ろし、長い足を組みながら検分するように眺めてくる。

今日は絹のシャツとレースの胸飾りにトラウザーズという寛《くつろ》いだ服装だが、それがかえってスタイルの良さを際立たせており、絵に描いたように美しい。

（黙っておられると、本当に素敵な方なのに——）

エヴリーヌが内心でつぶやいたとたん、リュシアンはからかうように言う。

「綺麗になったたな。アマガエル姫から卒業できそうじゃないか」

エヴリーヌは恥辱で全身が熱くなる。

「な……なぜ……？」

胸にこみあげてくるものがあり、鼻の奥がつんと痛くなる。

「なぜ、こんな私を……あ、あなたは私のことが昔から嫌いでしたでしょう？」

やっとの思いで言葉を吐き出すと、堪えきれない涙がぽろぽろとこぼれて白い頬を伝う。

リュシアンは少し面食らったような顔になる。

「――何を泣く？」

不思議そうに聞く相手に、エヴリーヌは嗚咽《おえつ》しながら途切れ途切れに言う。

「だって……初めてあなたにお会いした時……なんて言われたか覚えてます？」

リュシアンが記憶を探るような目をする。

「はて――なんと言ったかな、私は？」

エヴリーヌは思わずきっと彼を濡れた目で睨《にら》んでしまう。

「お、王室の礼儀作法のお教室で――私は七歳でした」

エヴリーヌは、あの時の屈辱感をまざまざと思い出す。


あの頃。

王宮では十歳になったばかりの皇太子に本格的な王族の教育を施すため、由緒ある貴族の家から同じ歳くらいの秀でた子息子女を集め、作法の勉強会を開いた。

幼い頃からダンスが得意だったエヴリーヌは、皇太子のダンスのレッスンのお相手として呼び出されたのだ。

無邪気なエヴリーヌはお城に入れるというだけで心が浮き立ち、期待と喜びに満ちて参内した。

王宮の小ホールに案内された幼いエヴリーヌは、小さいとされるホールがクレマン家の大広間がすっぽり入ってしまうくらい立派なのに目を丸くした。クリスタルのシャンデリアの下がる高い天井と曇り一つない鏡張りのホールで、彼女は胸をときめかせて皇太子を待ち受けていた。

(お噂《うわさ》では、とてもお美くしして天使みたいな王子様だって——)

すこし待ち時間を持て余したエヴリーヌは、鏡に向かって立つと自分の姿をパートナーに見立てて、得意のワルツを踊ってみた。

(王子様はダンスがお好きかしら、そうだといいな)

夢中になってステップを踏んでいると、ふいに鏡の中の自分の背後に人影が映った。

「あっ——」

さらさらした栗色《くりいろ》の髪に深い青い目、透き通るような肌に苺《いちご》のように紅《あか》い唇。

豪華な花模様の刺繍を施した濃い青の上着にキュロット、絹の白靴下に包まれた足はすらりと長い。

目も覚めるような美少年だ。

エヴリーヌはひと目で王子と分かり、慌てて振り返りスカートを持ち上げて礼に則《のっと》って挨拶をした。

「は、初めまして。エヴリーヌ・クレマンと申します。本日、皇太子様のダンスのお相手を務めさせていただきます」

皇太子は黙ってじっとエヴリーヌを見つめている。

頭を下げているエヴリーヌはいつまでも彼が口をきかないので、顔を上げるわけにもいかず、戸惑いながらもそのままの姿勢でいた。

「――君、エヴリーヌって言うんだ」

声変わり前のよく通る澄んだ声だ。

エヴリーヌは胸をどきどきさせながら次の言葉を待つ。

「熟れすぎたトマトみたいなドレスでくるくる回ってるから、背中に火をつけられた小猿かと思ったよ」

「！」

頭から水をかけられたようなショックを受けた。

今日の深紅のドレスは、今日の日のために母があつらえてくれたものだ。ドレープをたっぷり取ったスカートの広がりが美しく、ダンスに好《よ》く栄えると自分でも気に入っていたのに――。

鼻の奥がつんとしてくる。

「どうしたの？　顔を上げなよ。ダンスの手ほどきをしてくれるのだろう？」

つっけんどんな皇太子の言葉に、唇を噛み締めて顔を上げる。

皇太子は緑の瞳いっぱいに涙を溜めているエヴリーヌを見て、はっとしたように言葉を呑み込んだ。

「……なんて」

エヴリーヌは声を震わせた。

不敬であるとは分かっていたが、まだ年端のいかない彼女には自分を押しとどめる理性はなかった。

「王子様なんて、大嫌い！」

そう言うや、エヴリーヌは小走りでホールを飛びだしてしまった。

「君――」

背後から皇太子が呼びかけたが、振り切るようにしてどんどん廊下を歩いていく。

（ひどい、ひどい！　なんて意地悪なの！）

堪えきれない涙が溢れてきた。


「ははあ、私はそんなことを言ったのか？」

エヴリーヌの昔話を聞くと、リュシアンは面白そうに目を細めた。

「あんな屈辱的なことを言われたのは、生まれて初めてでした」

エヴリーヌは頬を伝う涙を拭いもせず、うつむく。

「子どもの言ったことだ、気にするな」

そう斬り捨てるように言うと、リュシアンは立ち上がって近づいてくる。

「いえ、それだけでは……」

言い募ろうとすると、しなやかな腕が伸びてエヴリーヌのきゅっとくびれた細い腰を引き寄せ、息がかかるほど近くに顔を寄せてくる。

「あ、皇太子殿下――」

白皙《はくせき》の顔を間近に見て、恥じらいに耳朶《みみたぶ》まで真っ赤に染まってしまう。

「リュシアンだ」

青い目がまっすぐ見つめてくる。

「リ……」

先だって突然口づけをされたことを思い出し、にわかに動悸《どうき》が高まる。

怖いのと恥ずかしいのとで思わず両目をぎゅっと閉じると、柔らかな唇が濡《ぬ》れた頬に寄せられる。

「泣くほどのことか」

ちゅっと音を立てて涙が吸い上げられる。

「ん……」

こそばゆく身じろぎすると、おもむろに深くくれた胸元を撫《な》で回《まわ》される。

「きゃっ……！」

異性に肌を触れられたことなどないエヴリーヌは、仰天して悲鳴を上げる。

「あどけない顔のわりに、ここはよく育ちきっているな。君は正真正銘に、処女なのか？」

あまりに露骨で失礼な発言に、またかあっと頭に血が昇ってしまう。

「な、なんて失礼なの！　いくら皇太子殿下でも、あんまりです！　私は――私は神に誓って、純潔です！」

なぜこんな恥ずかしいことを声を大にして言わねばならないのだろう。情けなく悔しく、また涙が溢れてくる。

ずっと、誰か素敵な殿方に出会い恋をし、純潔を捧《ささ》げる日を待ちわびていた。

それが、意地悪な皇太子の花嫁に選ばれ、大事にしてきた純潔まで疑われ、こんなに悲しく屈辱的なことがあるだろうか。

「ひどいです、あんまり……」

ぽろぽろ涙がこぼれ、言葉が途中で詰まってしまう。

「泣くな。私はただ、豊かな胸だから――つい」

リュシアンの掌が、ドレスの上から乳房をそっと押し包んだ。

「あ、や……」

温かい掌に触れられると、なぜか嫌悪感はなく妙に心地好《い》い。

「とても柔らかい」

リュシアンが耳元でささやきながら、ゆっくり円を描くように乳房を揉《も》みしだく。

「あ、あぁ……」

予想もしなかった気持ち好さがゆるゆると乳房から全身に拡《ひろ》がっていく。

ふいにしなやかな指が、布地の上から乳首の辺りをきゅっと摘んだ。

「んぁっ……」

ぞくんと背中に震えが走り、思わずはしたない声を漏らしてしまう。羞恥で頬がかっと熱くなる。純潔だと言い張ったのに、そんな声を漏らす自分が信じられない。

「おや？　処女のくせに、感じているのか？」

皇太子の青い目が、疑うように顔を覗《のぞ》き込む。

「いえ……違うの……私……ぁ」

リュシアンの掌が、まろやかな乳房を押し上げるように揉みながら、探り当てた小さな乳首の周囲を指の先でくりくりと抉じる。

「あ、あぁ……」

なぜか乳首が硬くつんと尖《とが》ってくるのがわかる。そして、指の腹で乳首を掠《かす》めるように擦られると、疼くような感覚がそこから下腹部の方へ降りていく。

「や、やぁ……しないで……そんなこと……」

下腹部のあらぬところが、せつないようにきゅうっとひくつく。その生まれて初めての未知の感覚に、エヴリーヌは困惑と恥ずかしさで目眩《めまい》がしそうになる。

「なんて甘い声を出すんだ。君はとても感じやすいんだね」

胸を弄《いじ》りながら、リュシアンは耳孔に熱い息を吹きかけてくる。

「や、ちが……っ、んっ……」

ため息まじりのささやきに、くすぐったいような気持ち好いような不思議な感覚が走る。

どくどくと心臓が早鐘を打ち鳴らし、それは緊張だけではなく、身体が昂るような熱を帯びていく。

「正直になるんだ——先日私と結婚を約束した時のように——」

「ちが……あれは……」

意に反してつい言ってしまったのだと反論したくても、腰に直《じか》に響くような甘いバリトンでささやかれると、催眠術でもかけられたかのように言葉が出なくなる。

戸惑っている間にも、リュシアンの指は凝《しこ》る乳首を爪弾き、それは布地の上からもくっきり形が露《あらわ》になるほど尖ってくる。そしてじんじん痛むほどに鋭敏になり、布で擦れても甘く痺《しび》れてくる。

「いやぁ……ん、もう、触らないで……お願い」

首を振り立てて身を離そうとすると、胸を弄られながら唇を塞がれてしまう。

「んぅ、ふ……ぅ」

息を詰めて潤んだ瞳で見つめると、押し付けた唇の間からリュシアンがうっとりしたような声を出す。

「そんな誘うような目で見られたら、男はたまらないよ」

「や、ちが……ぅ」

誘ってなんかいない。

しかしリュシアンの指先が感じやすい乳首を擦るほどに、下肢の中心が熱く疼《うず》き、それをごまかそうともじもじ太腿《ふともも》を擦り合わせると、なにかぬるりと濡れる感触まである。

「は……ぁ、あ……」

身体から力が抜け、逃げる術もなく男の腕の中でなすがままにされてしまう。

「初々しくて可愛いね。食べてしまいたいくらいだ」

リュシアンの言葉に、頬を染めながらおそるおそる言う。

「私の――純潔は、信じていただけました？」

すると彼はにっこりと微笑む。

「簡単なことだ。私が自身で調べてやる」

そう言うや否や、リュシアンに軽々と抱き上げられる。

「きゃ……っ」

ふいに宙に浮いて、思わず彼の胸にしがみついてしまう。

リュシアンはそのまま豪奢《ごうしゃ》な長椅子の方に歩を進め、クッションのきいた上にエヴリーヌを横たえる。

ろした。


「なにをなさいます！」

反射的に起き上がろうとすると、とんと軽く胸を突かれて再び長椅子の上に倒れてしまう。

「言ったろう。君が純潔かどうか調べてあげるって」

リュシアンは長椅子に座ると、背もたれに片手をかけ、覆《おお》い被《かぶ》さるようにエヴリーヌを見下ろした。

「そんな……」

白皙の顔に真上から見下ろされると、緊張で胸がばくばくいう。彼の視線が突き刺さるようで、全身が強ばってしまう。

おもむろに両腕が伸びてきて、エヴリーヌの上衣《うわぎ》の釦《ぼたん》をゆっくり外しだす。彼の指の感触に、びくりと身体がすくむ。

怯えるエヴリーヌの様子に、リュシアンは満足げに微笑む。

「そう、いいねその反応。本当に処女みたいだ」

その言い方に再び目に涙が溢れそうになる。しかし抗議する間もなく、男の指があっという間に全ての釦を外してしまい、はらりと両開きになった上衣の間から、コルセットに包まれた胸が露になってしまい、悲鳴を上げる。

「いやぁっ」

真っ赤になって両手で胸元を覆い隠そうとすると、リュシアンは片手でむんずと細い手首を掴《つか》み、エヴリーヌの腕を万歳するような格好にしてしまう。

「やめ……っ」

空いている片方の手が器用にコルセットの紐《ひも》を解くと、解放された豊かで真っ白い乳房が弾《はず》みながらこぼれ出た。

「きゃぁっ」

あまりの羞恥に気が遠くなる。思わず両目をぎゅっと閉じ、リュシアンの視線に耐える。

「これは――」

リュシアンは密《ひそ》かに息を呑む。

「またあどけない顔に似合わず、大きな胸だね」

小刻みに揺れる乳房に、男の視線が突き刺さる。今まで異性に剥《む》き出《だ》しの乳房を曝《さら》したことなどないエヴリーヌは、全身の血が沸き立つほどの恐怖と緊張で目眩がしてくる。

「や……見ないで、下さい……」

振り絞るような声を出す。

「恥ずかしい？」

リュシアンの言葉にこくりと頷《うなず》くと、面白そうにふっと笑われる。

「胸は大きいけど、この可愛らしい乳首はまだあまり触れられていないみたいだね」

「そんな――誰にも」

抗議の声を上げようとすると、おもむろに乳房を掌で包まれ、円を描くように揉みこまれる。

「掌に吸い付きそうだ。なんて滑らかなんだろう」

リュシアンがうっとりした声を出すので、エヴリーヌはそっと目を開けて彼の顔を窺う。目を眇《すが》めて乳房を鑑賞している彼の面差しは柔らかく、魅了されてしまう。しかし視線が合うと、ふいに意地悪な表情に戻り、尖った乳首をきつく摘まれた。

「あっ、あん、んっ……」

とたんに乳首が熱く疼き、それが全身に拡がってエヴリーヌは身悶えて喘《あえ》いでしまう。腕を拘束されているせいで、身じろぐともっと弄ってほしいとばかりに胸を前に突き出す格好になってしまった。

「切ない声を出すね——乳首を弄られると、誰にでもすぐそういう声を上げてしまうの？」

くりくりと乳首を指で捏《こ》ねながら、リュシアンがぐっと顔を近づける。

「ん、やぁ、ちが、う……お願い、もう触らないで……」

どうして乳首がこんなにじんじんと感じてしまうのか、身体が焦《じ》れたように熱くなるのか、初心《うぶ》なエヴリーヌには全くわからない。ただ、自分が無垢《むく》なことだけはどうしても信じて欲しい。

「神に誓って……誰にも触れさせたことはありません……」

ひたむきな目でリュシアンを見つめると、彼は心の奥底まで見透かすように青い目で凝視してくる。その視線に曝されると、耳孔の奥でどくどく鼓動の音が響く。

「じゃあ、こんなこともされたことはないね」

そう言うや否や、リュシアンはふくよかな乳丘に顔を寄せ、凝った乳首を口腔《こうこう》に吸い込んだ。

「ひぁっ、あぁっ」

熱くぬるつく口腔の感触に、全身がびくんと跳ねた。その上、舌先が紅く熟れた乳首をちろちろなぞる。みるみる乳首が硬く凝《しこ》り、じんじんした甘い疼きがそこから全身を駆け巡る。

「や……あぁ、んぁ、はあ……ぁ」

自分の反応が信じられない。

こんな熱いなにかがせり上がってくるような感覚は生まれて初めてだ。

リュシアンが乳首を舌先で転がしたりちゅっと音を立てて吸い上げたりするたびに、甘えるような喘ぎ声が口をついて出てしまう。そして乳首だけでなく、太腿の狭間《はざま》の密やかな部分まで が、きゅうっと切なく蠢《うごめ》いてエヴリーヌを追いつめる。

「し……ないでぇ、も……あぁ、あぁぁ、やぁっ……」

淫らに身悶えて息を喘がせる自分が、はしたなくて耐えられない。

もう解放して欲しいのに、なぜか腰が物欲しげにくねってしまい、頭がのぼせたように混乱してしまう。

「やめない――君が初めてだと私が納得するまで」

リュシアンは乳丘からわずかに顔を上げ、両手で乳首を弄りながら悶《もだ》えるエヴリーヌの姿をじっと見つめる。

「そ、そんな……あっ、あぁ……ん」

再びひりつく乳首を咥《くわ》えられ、びくりと腰が浮く。

ちゅっちゅっと音を立てて左右の乳首を交互に吸い上げられると、鋭い愉悦が下腹部の中心に集まり、なにか漏れそうな溢れそうな感覚に身震いする。

「あ、だめ……です、なにか……あぁ、溢れて……やぁん」

綺麗に結い上げた金髪が首を振るたびに乱れ、ほつれた髪が汗ばんだ白い額に貼り付く。

「……は、あぅ、うぅっ……んんぅ」

自分のあられもない鼻声に、恥ずかしくて耳を塞ぎたい。逃げたい、なのに身体が動かない。

リュシアンの舌に指に、思うままに身体が燃え上がる。

「こんなに感じやすい処女は、疑わしいね。こっちはどうなってるの？」

ふいにリュシアンが身体を起こし、スカートを大きく捲《めく》り上《あ》げた。

「あ、きゃぁっ」

驚愕する間もなく、さっとドロワーズが引き下ろされる。

「いやぁあっ」

人前で下半身を剥《む》き出しにして曝《さら》すなど考えたこともなく、エヴリーヌはあまりの羞恥に気が遠くなる。

「だめぇ、お願い……見ないでぇ」

太腿をきつく閉じなんとか恥部を隠そうとするが、リュシアンは片手でやすやすと小さな膝を割り開いてしまう。すうっと外気に陰部がさらされ、鳥肌が立つ。

「あぁ、あ、だめ……そんなところ……」

目をきつく閉じて羞恥に耐えるが、股間に注がれる熱い視線は痛いほど感じる。

自分でも見たことのない恥ずかしい部分を、皇太子であるリュシアンが見ているのだと思うと、身体中が燃え上がるように熱くなる。

リュシアンが大きくため息をつく気配がする。

「——綺麗だ」

そんな場所が綺麗なわけがない。

「嘘《うそ》……そんなこと……」

震えながら首を振る。

「本当だ。薄い金色の茂みも、固く閉じた薄桃色の花びらも、何もかも初々しくて美しいよ」

意地悪な皇太子から思いがけない詩的な賛美の言葉をかけられ、エヴリーヌは混乱する。

「この密やかな花園を、誰かに見せたことはないのか？　触れさせたことは？」

あまりの恥辱に頭がくらくらした。

「あ、ありません！　そ、そんな意地悪ばかり、ひどい、あんまりです……！」

目尻からぽろりと涙がこぼれる。

「——意地悪か。だが君は私の意地悪が気に入るかもしれないよ」

からかうような口調に抗議しようとしたとたん、長い指が花唇をぬるりと撫《な》で上《あ》げた。

「はあっ、あぁっ」

痺れるような喜悦が走り、エヴリーヌは甲高い嬌声を上げる。

「濡れている。いいね、朝露をたたえた薔薇の花びらのようだ」

くちゅくちゅと粘ついた音を立て、蜜口を掻き回す。

「や、そんな……ぁ、あぁ、んんっ」

恥ずかしいことをされているはずなのに、ひんやりした指の感触があまりに心地好《よ》く、エヴリーヌは戸惑いながら腰を震わせる。

「ほら、どんどん蜜が溢れてくる」

リュシアンは乳丘から耳朶《じだ》に顔を寄せ、艶《なまめ》かしい声でささやく。

「あ、ぁ、いやぁ、あふぅ……ん」

これは淫らな白昼夢かもしれない。

本当は自分が皇太子妃に選ばれたことも、皇太子に恥ずかしい部分を曝し弄られて感じてしまっていることも、全部夢うつつの間の出来事で、目が醒《さ》めたらいつものようにクレマン家の自分のベッドにいるに違いない。

エヴリーヌは仰《の》け反《ぞ》って喘ぎながら、自分に言い聞かす。

しかし陰唇を愛撫する指はますます淫らに蠢き、それがもたらす愉悦はもはや耐え難いほど昂ってくる。

「全身が桃色に染まってきた。なんて色っぽいんだろう」

リュシアンが感に堪えたような声を出し、ぬるつく蜜襞《みつひだ》の行き着く先に佇《たたず》んでいる小さな秘玉を突《つ》ついた。

「ひあぁっ？　あぁ？　やぁっ、なに？」

びりびりと脳芯まで痺れる喜悦に襲われ、エヴリーヌは悲鳴を上げた。

「あ、だめぇ、そこ……だめ、痺れて……あぁ、ああっ」

下肢が蕩《とろ》けてしまいそうな快感に、エヴリーヌは身悶えて指から逃れようとする。

しかし両腕はがっちり押さえつけられている上、リュシアンがほとんどのしかかるように身体を密着させているせいで、身動きできない。

リュシアンはエヴリーヌの顕著な反応に、ひりつく秘玉ばかりをくりくりと抉《こ》じるように弄る。

「く……はぁ、はっ、やぁっ、だめぇ」

エヴリーヌは激しい喜悦にのたうち、口を半開きにし肩を震わせる。

「だめじゃないよ。ここが君の一番気持ちいい箇所だ。もっと弄ってほしい？」

リュシアンは秘玉の包皮を捲《めく》り上げ、敏感な花芯を剥き出しにし、さらにこそぐように刺激してくる。

「いやぁ、もうしないでぇ、だめなの、だめなのぉ……っ」

じんじん痺れる媚悦に、もうやめて欲しいのになぜか隘路《あいろ》の奥の方までが痛むほどに蠢き、淫らに収縮を繰り返す。

「いいんだね。ひくひく私の指を締めつけてくる。素直に反応する君の身体が、可愛くてたまらない」

リュシアンは甘いバリトンでささやくと、親指で秘玉を擦りながら、二本指を揃《そろ》えてひくつく蜜口を突つく。

「あっ？　な、に？」

濡れ襞を押し広げるように長い指が侵入してくる。

「やあっ、挿《い》れないで……そんな、あぁ、あぁぁっ」

狭い隘路を愛液のぬめりを借りて、指が押し入ってくる。

「だめぇ、だめ、あ、あぁっ」

浅瀬に突き入れた指が、ぬちゅぬちゅと淫らな音を立てて抜き差しされる。

「は……ぅ、あ、だめ、やぁ、あああぁ」

じわじわと重苦しい愉悦がせり上がってくる。

秘玉の鋭い快感とまた違い、熱く大きな波が押し寄せてくるような気持ち好さ。

「なに？　あぁ、どうしたら……あぁ、怖い……」

意識が根こそぎさらわれそうな予感に、エヴリーヌは濡《ぬ》れた目を見開く。

「大丈夫。今日は君だけ気持ち好くさせてあげる。だから、素直に……」

指の抽送が早まる。

ぐちゅぐちゅと愛蜜が弾《はじ》ける淫らな音とともに、熱く苦しいまでの快感が押し寄せ、頭が真っ白に染まっていく。

「あぁ、だめっ、も、なにか……あぁ、あぁあっ」

身体が爪先まで強ばり、弓なりに背中が反《そ》る。

「さあ、淫らに達してごらん」

長い指が膨れ上がった秘玉の裏側を強く擦り上げたとたん、ついになにかの限界に達する。

「ひ……はぁ、はぁあぁあっ」

エヴリーヌは甲高い嬌声を上げながら、びくんびくんと腰を痙攣《けいれん》させる。

同時にリュシアンがぐぐっと一度最奥に指を突き入れてから、勢いよく引き抜く。

「……は、はぁっ」

ほころんだ花唇から、じゅわっと透明な液が噴き出し長椅子に淫らな染みを作る。

「……は……はぁっ……ぁあ」

みるみる全身が弛緩《しかん》し、エヴリーヌはぐったりと長椅子の上に横たわる。

蜜口が無意識にひくひくと蠢き、全身にけだるい愉悦の余韻が漂う。

「素敵だったよ。達《い》くときの君の表情は、最高にいやらしくて美しかった」

リュシアンが掴んでいた両手首を解放し、汗ばんで上気した頬にそっと唇を押し付ける。

「……私……」

まだ快感の名残に霞む目で見上げれば、リュシアンの表情は慈愛に満ちているようだ。

（本当はこの方は、お優しいのでは？）

ぼんやり頭の隅で思ったとたん、リュシアンが粘つく手を顔の前に持ち上げる。

「でも最初から感じすぎて潮を吹くなんて、予想外だな」

自分の溢れさせた体液で濡れた手をかざされて、あまりの恥辱に両手で顔を覆ってしまう。

「いやぁ……ひどいわ……」

リュシアンは乱れた金髪を撫で付けながら、からかうように言う。

「ひどい？　気持ち好くされて、光栄だったろう？」

エヴリーヌは顔を覆ったまま首を振る。

彼の意のままにあられもなく乱れてしまった自分が口惜しくてならない。

「……これで……私の純潔は……証明されたのですか？」

消え入りそうな声で尋ねると、リュシアンがくすくす笑う。

「さあ、どうだろう？」

かあっと頭に血が昇り、思わず両手を外して顔を上げる。

「そ、そんな、ひどい……！　死ぬほど恥ずかしかったのに……！」

涙目で睨むと、リュシアンは眩《まぶ》しそうに目を眇める。

「あんまりです、あんまり……」

気持ちが昂《たかぶ》っているせいか、どっと涙が溢れてくる。

先ほどまで酔いしれていた快感が、全部恥知らずな行為に思え、少しでも彼のことをいい人かもと思った自分が忌まわしい。

ぽろぽろ悔し涙をこぼすエヴリーヌに、リュシアンがそっとスカートを整え上衣の釦《ぼたん》をかけてくれる。されるがままになりながら、エヴリーヌは子どものようにひくひく肩を震わせる。

「そう泣くな。ちょっとからかい過ぎた」

リュシアンが背中を優しく撫《な》でる。その暖かい掌の感触に、興奮していた気持ちが少しずつ収まってくる。

「始めから、君の純潔を疑ってなどいなかったよ」

その言葉に、エヴリーヌは幾分心が解《ほぐ》れ涙を呑み込む。

「ほ、本当に？」

リュシアンが頷く。

「君があんまり魅力的になったので、つい気持ちが先走った――だって私はずっと……」

リュシアンはふいに口をつぐみ、ゆっくりと立ち上がった。

「いずれ、正式に君の純潔を証明してもらう時がくるよ。後でネリーを寄越《よこ》すから、部屋に案内してもらうといい。では晩餐《ばんさん》で――」

「あ……の」

背中を向けたリュシアンの耳朶がひどく紅く染まってるのに気づき、エヴリーヌは思わず声をかけようとする。

しかし彼はそのままさっさと部屋を出て行ってしまった。

一人取り残されたエヴリーヌは、身体の芯にのこる愉悦と混乱する思考に身動きもできずにいた。

（わからない――皇太子様のお心が）

エヴリーヌは、再び過去のことを思い出す。

あの日、心に傷を負ったエヴリーヌは皇太子のダンスのレッスンをほっぽり出し、待たせていた馬車に乗り込み逃げるように屋敷に帰ってしまった。

両親は驚きあきれ、王宮に謝罪の使いを送った。

もう二度とお呼びがかからないだろうと思っていたのに、なぜか翌日も城に上がるようにと連絡が来たのだ。

「もう行きたくないの……」

泣いて嫌がるエヴリーヌは、母にこんな光栄なお役目はないのだからと言い聞かされ、しぶしぶ城に出向いた。

しかしダンスの広間で皇太子を待っている間に昨日の屈辱を思い出し、すっかり気遅れしたエヴリーヌは、庭に面した扉から外に抜け出してしまった。

広大な園庭を突っ切っていくと、その奥に白亜の四阿《あずまや》と蓮《はす》の花が咲き乱れた綺麗な池があった。

その池の端にエヴリーヌはうずくまった。ダンスの時間が過ぎるまで、ここでやり過ごそうと思ったのだ。

（またお母様に叱られてしまうかもしれないけれど、あの王子様に会うのだけはいや）

それまでエヴリーヌは由緒ある公爵家の娘として蝶《ちょう》よ花よと育てられ、すくすくまっすぐに育った。

誰かに貶《おとし》められたり虐《いじ》められたりすることなど、今まで全く経験してこなかった。それだけに皇太子の揶揄《やゆ》するような言動がひどくショックだったのだ。

どのくらいぼんやりと池を眺めていただろう。

「おや、今日のダンスのレッスン場はここかい？」

聞き覚えのある澄んだ声がした。

ぎくりと振り返ると、木立の陰から皇太子が現れた。

光沢のあるシルクのシャツに金の刺繍入りのサッシュベルトを締めた姿は、ため息が出るほど格好がよく、思わず見とれてしまいそうになる。

「あ、王子……様」

エヴリーヌはきまりが悪くなり、頬を染めて立ち上がった。

「これは……」

皇太子はぴたりと足を止める。

池は一面薄桃色《うすももいろ》の蓮の花が満開だった。

その池を背景に、繊細なレースで飾ったエメラルドグリーンのサマードレスに身を包んだエヴリーヌの姿は、息を呑むほどに神々しかった。豊かな金髪が、後光のように卵形の顔を包み、あどけなくも麗しい。

「――ふうん、今日は緑のドレスなんだ」

皇太子が感心したような声を出すが、怯《おび》えているエヴリーヌにはそうは聞こえない。昨日お気に入りの紅色のドレスを馬鹿にされて、もう皇太子の前では紅は着ないと決めていたのだ。

「くりくりした目も緑色だし――」

皇太子がてっぺんから爪先までじろじろ見る。

それからにっこりして言う。

「まるでアマガエルみたいだね。君はアマガエル姫だ」

心がぽっきりと折れた。もう限界だった。

エヴリーヌは泣くまいときゅっと唇を噛み締め、無言でその場から立ち去ろうとした。

目の前を真っ赤になって通り過ぎようとする彼女を、皇太子が引き止めようと腕を掴む。

「どうしたの？　ダンスの練習はしないのか？」

エヴリーヌはむきになって腕を振りほどこうとする。

「離してください！」

力任せに腕を引くと、ぐらりと足元のバランスが崩れた。

「あっ」

はっとした時には、ざんぶと池の中に落下していた。

「きゃあぁっ」

子どもの背丈では、池には足が立たなかった。

池底はぬるぬるし、エヴリーヌは体勢を崩して思い切り水を飲んでしまう。

「いやぁ！」

泳ぎを知らないエヴリーヌは、ばたばたと水の中でもがいた。

ふいに側に水しぶきが立つ。皇太子が飛び込んだのだ。

「君、しっかり！」

腰を抱きかかえられ、エヴリーヌは必死で彼の胸に縋《すが》り付《つ》く。

「助けて！　助けて！」

暴れるエヴリーヌに、皇太子が声を張り上げる。

「だいじょうぶ、だいじょうぶだから」

そのまま抱えられて、エヴリーヌは岸辺に上がった。

「ああ……あぁあ……」

恐怖のあまりエヴリーヌは皇太子の胸にしがみついて、号泣した。

「もう平気だよ——」

皇太子の手がそっと肩に添えられる。

なにか生温かいものが流れるのを感じ、エヴリーヌは、はっとする。

肩に置かれた皇太子の右掌から血が吹き出ている。

池に飛び込んだ拍子に、杭《くい》かなにかで切ったのだろう。

「ああ……」

エヴリーヌはショックでふうっと気が遠くなってしまった。

その後エヴリーヌは高熱を出し、半月近くも寝込んでしまった。

さすがに城への呼び出しはもうなかった。

高熱にうなされながら、幼いエヴリーヌの心には皇太子に嘲笑されたという記憶だけが深く刻み込まれたのだ。


晩餐の時間、エヴリーヌは皇太子専用の食堂に案内された。

中に入ると長い大理石のテーブルが置かれ、細かい彫刻を施した黒檀《こくたん》の椅子が幾つも並んでいる。高い天井には壮大なフレスコ画が描かれ、白い鬘《かつら》を被《かぶ》った給仕がずらりと待機しており、クレマン家の食堂よりはるかに広い。

リュシアンは一番奥の席に着いている。その背後に、帯剣したシャルロが影のように立っていた。

エヴリーヌが気を呑まれて入り口で立ち往生していると、リュシアンが少しいらついた口調で言う。

「なにを遠慮している。座るといい」

「は、はい」

あわててテーブルに近寄ると、給仕の一人が皇太子と向かい合わせの席の椅子を引いたので、そこに座る。

緊張しながら顔を上げるが、遥《はる》かテーブルの向こうに座っているリュシアンの表情は窺いにくい。

「食前酒を」

リュシアンが軽く手を挙げると、さっと給仕がグラスに食前酒を注ぐ。

エヴリーヌのグラスにも酒が注がれる。

「城の農園で採れた林檎《りんご》の酒だ。美味だぞ」

リュシアンがグラスを持ち上げて促したので、あわてて手を伸ばす。

琥《こ》珀《はく》色《いろ》の林檎酒の芳醇《ほうじゅん》な香りに、エヴリーヌはうっとりする。口に含むと甘く滑らかでのどごしも最高だ。

「美味《おい》しいです！」

知らずに口元がほころぶ。

「当然だ」

リュシアンがぼそっと言う。

前菜が運ばれ食事が始まったが、距離があるせいか会話が弾まない。

リュシアンは皿に集中してもくもくとナイフとフォークを使うので、話しかけるタイミングがなかなか掴めないのだ。

やはり自分のことが嫌いなので、一緒に食事をするのが楽しくないのかもしれない。

(美味《おい》しそうなお料理なのに、だんまりでいただいては味もわからないわ)

今までは公爵家の食堂で、家族揃《そろ》って賑《にぎ》やかに会話を交わしながら食事をしてきたので、こんなどんよりした晩餐は初めてだ。

(皇太子殿下は、いつもこのように広い食堂で、お一人でお食事を召し上がっているのかしら)

元来が明るくおしゃべり好きなエヴリーヌは、沈黙が苦痛で仕方ない。メインディッシュが好物のサーモンのクリーム和《あ》えだったので、つい歓声を上げてしまう。

「わあ、素敵!」

それまでむっつり食事をしていたリュシアンが、ちらりと顔を上げる。

「――サーモンが好きだというので用意させた」

エヴリーヌは驚いて彼の顔をまじまじ見る。

また皿に顔を落としてしまったリュシアンの表情はわからないが、栗色の髪からのぞく耳朶《みみたぶ》が心なしか赤く染まっている。

意地悪い態度ではあるが、ちゃんと気を使ってくれているのだ。

(もしかして――)

先ほどまでは自分と食事をするのが不本意で黙りこくっていたのかと思ったが、単に差し向かいで誰かと食事をすることに慣れていないだけかもしれない。

「あの、お父上――国王とお食事はなさらないのですか?」

おそるおそる聞いてみる。

ふたたびわずかに顔を上げたリュシアンは、あからさまに不機嫌に言う。

「あの人と？　もの心ついてから、一度もない」

「まあ……」

皇后は皇太子を産んでほどなく、流行病《はやりやまい》で亡くなられたと聞いている。

ではリュシアンは、幼い頃からずっとひとりぼっちで食事をしてきたのだ。がらんとした食堂で大勢の給仕達に囲まれ、ぽつねんと食事を摂《と》る皇太子の姿を想像すると、エヴリーヌの胸がちくんと痛んだ。

「あの——皇太子殿下」

「リュシアンと呼べ」

「あの、リュシアン様——ひとつお願いがあります」

「なんだ、サーモンの味付けが気に入らないか？」

「いいえ、お料理はどれも美味しゅうございます。ただ、席を替えていただきたいのです」

「席？」

リュシアンが綺麗な眉を不可解そうに上げる。

「はい」

そう言うや否やエヴリーヌは自分の席から立ち上がった。

具合が悪くなったわけでもないのに食事の最中に席を立つなど、淑女のたしなみには外れているが、もはや我慢出来なかった。

さっさとリュシアンのすぐ傍らの席まで歩いていく。皇太子の後ろに立っていたシャルロが察しよく素早く椅子を引いてくれたので、そのままふわりと腰を下ろす。

リュシアンは不意をつかれて、目を丸くする。

エヴリーヌはにっこり微笑む。

「私は、この席でお料理をいただきます」

まだ固まっているリュシアンの代わりにシャルロが給仕に合図し、エヴリーヌの皿が運ばれてくる。

「おいしいお料理には楽しい会話が大切ですわ」

エヴリーヌはフォークを手に取ると、サーモンの一片を口に入れる。

「ああ美味しい。サワークリームが口の中で淡雪みたいに蕩《とろ》けて」

リュシアンは我に返ったように瞬《まばた》きする。

「雪では無味無臭ではないか」

むすっと食事を続けようとする彼に、エヴリーヌはたたみ掛ける。

「リュシアン様、人参《にんじん》がお嫌いですか？　せっかくのお料理、残されてはだめですよ」

リュシアンは自分の皿に目をやり、ふいに頬を染めた。

「うるさいな、君は私の教育係か」

会話が弾《はず》み出したと、エヴリーヌは内心ほくそ笑む。

「でも私が妻になったら、毎日のお食事がうるさいですよ」

これでうるさがられて婚姻が白紙になったらしめたものだと、少しうきうきする。

「黙れ。アマガエルが側にいて、食欲が出るか」

「ご存知《ぞんじ》ありませんか？　緑色って食欲を増進させる色なんですって」

リュシアンが顔をあげてまともに目を合わせた。

怒っているのかと思いきや、彼の青い目は面白そうに細められていた。

「めそめ姫かと思いきや、なかなか手ごたえがあるじゃないか」

まっすぐに見つめられると、なぜか息苦しくなり動悸《どうき》が高まってしまう。

「あ……いえ、私……」

ふいにどきまぎしてしまう。

「うるさい妻も悪くない」

リュシアンがぱくりと人参を口に放り込んだ。

(やだ私ったら――皇太子に気に入られるつもりではなかったのに)

なぜ自分から距離を縮めるようなことをしてしまったのか、不思議でならなかった。

晩餐《ばんさん》が終わりにさしかかりデザートが運ばれてくる頃、リュシアンが思い出したように言う。

「ああそうだ、明日国王にお目通りする。私の婚約者として、陛下に認めていただかないと結婚できないからね」

「国王に――」

にわかに緊張してくる。

今まで国王には、宮廷の舞踏会などで遠目にお姿を拝見する程度だった。

賢王と名高い現国王に謁見を賜るというだけで恐れ多いのに、ましてや皇太子妃候補としてお目通りするのだ。

(失礼のないようにしなきゃ――)

そこまで考えて、内心はっと考えなおす。

(そうよ、国王のお眼鏡にかなわなかったら、結婚は成立しないのだわ――だったら、陛下のお気に召さないようにすればいい)

気のきかない娘の振りをすれば――。

(明日は、陛下の前でひとことも口をきくまい――失礼だけれど、勘気に触れれば今回の結婚はきっと無効になるわ)

ちらりと傍らでババロアを突《つ》ついているリュシアンを盗み見る。

「こういう菓子は食べにくくていかん」

ぶつぶつつぶやいている少しむくれた顔も、また魅力的だ。そう思ってしまう自分が不思議だ。

「では別のものを所望なされればよかったのに」

と口を挟むと、むっとしたように言い返す。

「これも君の好物だろうが」

ふいに彼の顔が意地悪く微笑む。

「私の好きなデザートを所望しよう」

リュシアンが、さっと片手を振った。するとその場にいた大勢の給仕達が、いっせいに頭を下げて食堂を退出していく。

「あ？」

驚いて見ていると、最後に退出したシャルロが扉を閉める前に恭しく言う。

「殿下、私は扉の前で警護しております。御用がお済みなりましたら、声をかけてください」

ぱたんと扉が閉まり、広い食堂に二人きりになる。

「あ……の、御用って……」

狼狽《うろた》えていると、リュシアンがババロアを銀のスプーンに掬《すく》い口元に押し付ける。

「これは君が食べろ」

「あ」

強引に匙《さじ》を突きつけられ、仕方なく口を開けてババロアを受け入れる。

甘くつるんと喉を降りていく感触が心地好《い》い。

「美味しいか？」

「は、はい、とても」

「ではもっと食べろ」

再びババロアを掬うので、あわてて言う。

「い、いえ、私は自分の分をいただきますから、それはリュシアン様が――」

「言ったろう、こういう菓子は苦手なのだ」

そう言うとふいに彼はスプーンを口に含んだ。

そして顔を寄せるとエヴリーヌの唇を覆う。

「んっ？」

唇を割って柔らかなババロアが侵入してくる。

「んぅ……んん」

顔を振りほどこうとするとリュシアンの片手が頭の後ろを抱えて、逃さない。

思わずこくりとババロアを嚥下《えんげ》する。

「そうだ、沢山食べさせてやる」

リュシアンは満足そうに頷き、またババロアを掬う。

「あ……や」

抵抗できないまま次々ババロアを口移しで食べさせられる。甘く柔らかなものが体内に取り込まれるたびに、身体の体温が上がっていく。

最後のひと匙を呑み込むと、そのまま男の舌が口腔《こうこう》をくすぐってくる。

「ふ……やぁ……んんぅ」

口中に残る甘い味わいとぬるつく舌の動きに、背中に痺《しび》れるような快感が走る。

「教えてあげよう――私の好きなデザートを」

わずかに唇を離し、リュシアンが熱のこもった視線を送る。

彼はふいに席を立ち、エヴリーヌの腰を椅子ごと抱えくるりとこちらを向かせた。

「あ……なに……？」

戸惑う彼女の顔を見下ろしながらリュシアンは、にやりと笑う。

「私が食べたいのは、君だ」

そう言うや否や、ぱっとスカートを捲《めく》り上《あ》げられる。

「きゃっ……」

絹の靴下に包まれたすんなりした足が剥《む》き出《だ》しになり、慌てて椅子から立ち上がろうとすると両肩を押さえ込まれる。

「君の好きなものをたっぷり食べさせてあげたんだ。今度は私がいただく番だ」

「そ、そんな、私は食べ物じゃ……」

言い返そうとすると、リュシアンはしゅるっと腰のサッシュベルトを外し、椅子の背もたれごと上半身を括《くく》ってしまう。

「いやぁ！　何するの？」

驚愕《きょうがく》のあまり声が裏返る。

「デザートにしては生きが良すぎるからな」

リュシアンが喉の奥でくっくっと嬉しそうに笑う。

こんな乱暴な扱いをうけたのは生まれて初めてだ。

屈辱と恐ろしさに足ががくがくと震えてくる。

「お願い……です、リュシアン様、解いて……こんなの」

切ない声色で訴えるが、相手はますます嬉しそうだ。

「ああそうだ、その悩ましい声だ。たまらないな」

そう言うや否や、彼は足元に跪《ひざまず》きハイヒールを脱がせると、おもむろに靴下を下げていく。

そしてドロワーズも取り払ってしまう。

「あぁ、やっ……」

下半身を露《あらわ》にされ心もとなく、両脚を固く閉じ合わせようとすると、両手で強引に膝を開かされてしまう。

「そう嫌がることはないだろう。昼間、存分に拝見させてもらったではないか」

からかうように言いながら、長い指が真っ白な鼠蹊部《そけいぶ》をつーっとなぞる。

「ひあっ」

ぞくんと怖気《おじけ》のような震えが走り、エヴリーヌは白い喉を仰け反らす。

「おや、先ほどの名残《なごり》かな。すでに蜜を垂れ流しているね」

しなやかな指が、淫猥《いんわい》な蜜にまみれた秘裂の中心を擦り上げる。

「はぁっ、あ、や……」

自分でも信じられないが、先ほど口移しでババロアを食べさせられた時、恥ずかしいほど秘所が疼いて濡れてしまったのだ。

「見ているだけでどんどん溢れてくる。私の舌で、もっと乱してほしいと願っているのだろう」

くちゅりと蜜口を暴いた指が、ゆっくり目の前にかざされる。濡れ光り銀の糸を引く指を目の当たりにして、恥ずかしさに気が遠くなる。

「ち、がう……ひどいです、ひどい……っ」

身を捩《よじ》って涙声を出すが、さらに大きく足を開かされてしまう。

「やぁっ」

エヴリーヌは屈辱にむせび泣く。

しかしリュシアンはおかまいなく開いた股間に、顔を寄せてくる。ふうっと彼の熱い息が秘所にかかると、ひくんと隘路《あいろ》が反応する。

「嘘《うそ》をつくな。ここがひくひくして、私を求めているぞ」

くぐもった声がしたかと思うと、長く熱い舌がほころんだ秘裂をぬるりと舐《な》めた。

「く、はぁっ……」

腰が浮くほどの愉悦が駆け抜ける。

淫唇をねっとりと舐《ねぶ》られ、そのまま尖らせた舌先で秘玉をくすぐられると、下肢が蕩けそうなほど心地好《よ》く、両脚が勝手に大きく開いてしまう。

「ああ甘露がどんどん溢れて――」

リュシアンが悩ましいため息を漏らし、くちゅくちゅと音を立てて蜜口を掻き回し、吹きこぼれる愛蜜をちゅうっと啜《すす》り上《あ》げる。

「ひ……はぁ、あ、だめ……そんなとこ……舐めないでぇ」

抵抗を奪われたエヴリーヌはぶるぶる腰を震わせることしかできず、切ない喘ぎ声を上げる。舌がひらめくたびに、後から後から淫蜜が溢れて、リュシアンの口元も自分の股間もぐっしょりと濡らしていく。

「だめぇ、もう、しないで……あぁ、あぁあん」

禁忌の部分を淫らに舐られ、どうしてこんなにも心地好《ここちよ》いのかわからない。

自分がこんなにも淫らで恥知らずだとは思いもしなかった。

(ひどい……こんな恥ずかしい声を上げたくない……気持ち好くなんかなりたくないのに……みんなリュシアン様のせいだ)

口惜しくて泣けてくるのに、なぜか涙すら心地好さに拍車をかけてしまう。

「美味だ――最高のデザートだ」

リュシアンは泡立つ愛蜜をことごとく舐めとり嚥下する。そうして、紅く膨れた秘玉をちゅっと吸い上げる。

「く……ひぁ、はぁぁっ」

脳芯に直接響くような喜悦に、エヴリーヌは全身を波打たせて悶《もだ》える。

「やぁっ……だめ、そこだめ、だめなのぉ……っ」

昨日まで自分の身体にこんな感じやすい部分が潜んでいるなんて、思いもしなかった。それを皇太子が指で舌で、ひとつひとつ暴いていく。

「やめ……て、あぁ、だめ……やめてぇ」

目尻に涙を溜《た》め、怖くなるほどの快感に腰をくねらせる。淫らな喘ぎ声を出すまいと、必死で歯を食いしばろうとしても、ひりつく肉芽を柔らかな舌で扱《しご》くように刺激されると、頭が真っ白になってしまう。

「はぁ、あ、はぁん、んんぅ……」

だらしなく紅唇が半開きになり、はあはあと荒い息が漏れてしまう。

エヴリーヌの抵抗が収まると見て取ると、リュシアンはさらに強く秘玉を口腔に吸い込み、舌で強く転がしてくる。

「も……やぁ、だめなの……許して……はぁ、あぁあっ」

身体が浮きそうなほどの媚悦に、腰がびくびく打ち震え、意識がふっと遠くなる。それが次の刺激でまた引き戻され、愉悦に溺れてのたうつと、また朦朧《もうろう》としてくる。

「――淫らな花芽がひくひくしてきたぞ――もっとしゃぶって欲しいと言っている」

「そ……ちが……そんなこと……」

「素直な方が可愛《かわい》いぞ」

膨れ上がった秘玉が痛いくらいに吸い上げられ、もはや言葉も発せないほどに喘《あえ》いでしまう。

「あぅ……う、あぁ、うあぁっ」

びくんびくんと腰が突き上がり、何度も絶頂に達してしまう。

あまりの愉悦は苦痛に繋《つな》がるのだと、生まれて初めて知る感覚にエヴリーヌは戦慄《おのの》く。

「もっとして欲しいだろう？　正直に言えば、楽にしてやる」

リュシアンが唇を離して、焦らすように言う。

「や……そんなこと……あ、ああっ」

つんつんと鋭敏な花芯を舌先でつつかれると、もどかしいほどの疼《うず》きが涌《わ》き上がり、媚襞が切なく収縮する。

「はぁ、は、だめ……辛いの……もう、終わりにして……」

このままではおかしくなってしまう。

淫らな行為に溺れて、自分を見失ってしまう。

「達《い》かせてほしいと、お願いするんだ」

リュシアンが執拗《しつよう》に言い募る。

「達く……？　そ、そう言えば、もう、終わりになるの？」

声を震わせて聞くと、その返答のようにこりっと秘玉を転がされ、また淫らに喘いでしまう。

「くぁ、あ、も、達か、せて……ください、お願い……」

とうとう淫らなお願いを口にすると、全身がかあっと燃え上がるように熱くなり、愛液がぽたぽた床まで滴るほど溢れてくる。

「――そうだ、いい子だ」

リュシアンは満足げに言うと、包皮から剥き出しになった紅《あか》い秘玉を前歯に挟んでこりっと扱《しご》いた。

「ひ――っ」

あまりに強烈な快感に、声すら上げられなかった。ひゅうっと息を吸い込んだまま、エヴリーヌは全身を強《こわ》ばらせた。次の瞬間、全身が弛緩《しかん》しじゅっと熱く大量の愛液が吹き出した。

リュシアンはこりこりと凝った秘玉を何度も扱く。

「あぁ、あぁあぁぁあっっ」

せき止められた悲鳴がふいに口から飛び出した。

「も、達ったのぉ……達っちゃったのぉ、だめえ、だめぇぇ……っ」

もはや淑女の慎みも忘れ、エヴリーヌは身も世もないほどよがり泣く。

失禁したのかと思うほど大量の蜜と潮が膣腔から溢れ出し、止めようもない。

リュシアンは仕上げとばかりに、秘玉を甘噛みしながら二本の指を隘路に押し入れ小刻みに揺らす。昼間より違和感がなく、それどころか媚襞が嬉しそうに指に絡み付いてしまう。

「あ、あ、指入れちゃ……ああっ、あああぁっ」

胸苦しいような切ない喜悦がぐんぐんせり上がり、意識をさらっていこうとする。

「も……だめ、しないで……ぁあ、ああっ」

拘束された身体を波打たせ、逃れようのない快感に翻弄される。

ふいにリュシアンの指が膨れた秘玉の裏側を強く擦り上げた。

「ひ、あぁ、あぁぁぁあっ」

そこが限界だった。

びくんびくんと腰が跳ね、愉悦を通り越して意識が朦朧とする。

「は……あぁ、あぁあ……」

リュシアンはまだ執拗に秘玉を舐めているが、しばらくは息も出来ず下肢が無感覚になり、ふわふわと身体が漂っているようにしか感じない。しかし、ほどなくまた灼《や》け付くような快感の波が押し寄せ、何度も腰を揺らめかせて達してしまう。その度、隘路がきゅっと収縮し、リュシアンの指を物欲しげに締め上げてしまう。

なぜだろう、心地好いのになにか物足りない。膣孔の奥がむずむず疼き、満たして欲しくて仕方ない。しかしそんなはしたない欲望を、初心《うぶ》なエヴリーヌが口に出来るはずもなく、ただくるおしげに全身をのたうたせるばかりだ。

「――なんて可愛いんだ、君は。本当に食べてしまいたいよ」

陶酔して喘ぐエヴリーヌの様を見上げ、リュシアンが切なげにつぶやく。

しかし意識朦朧《いしきもうろう》としている彼女には、その真摯な声は届かなかった。

「――今夜はここまでだ。明日の謁見に備えて、ゆっくり休むといい」

おもむろに身を起こしたリュシアンは、括《くく》り付けていたサッシュを解いた。

「あ……」

解放されてぐたりと椅子に沈み込む。

「早くドレスを着ないと、シャルロを呼び入れてしまうよ」

言われてはっと我に返り、あわてて乱れたドレスを直す。

「ま、待って――いや、こんな……」

痴態にまだ火照っている顔を誰かに曝《さら》したくない。今どんなに淫らな表情をしているだろうと思うと、いたたまれない。なんとか平常心に戻ろうと、頬を両手で何度もぺちぺち叩《たた》いてみる。

その様子がよほど可笑《おか》しかったのか、リュシアンがくすくす忍び笑いする。

「まるでドングリを頬張っている栗鼠《りす》みたいな仕草だな」

また意地悪なことを言う。彼の本心を探るように見上げると、彼の青い目は意外に優しい光を帯びている。

「では、愛《いと》しのアマガエル姫、明日またお会いしよう」

リュシアンはエヴリーヌの手を取ると恭しく口づけし、一礼した。

口では酷《ひど》いことを言っているのに、その流れるような洗練された所作に、思わず見とれてしまう。ぼんやりしているうちに彼は食堂の扉を開け、さっさと出ていってしまった。

「エヴリーヌ様、お疲れでございましょう。今ネリーを呼びましたから、まずはゆっくりと御入浴なさってください」

入れ替わりに入ってきたシャルロとは、恥ずかしくてとても目を合わせられなかった。

その夜。

豪華な貴賓室にある大理石張りの大きな浴槽に浸《つ》かりながら、エヴリーヌはめまぐるし過ぎた今日一日を思い返していた。

たっぷり張られた湯には薄紅の薔薇の花びらが浮かび、甘い香りが身も心もゆったりと解してくれる。

（明日は国王に謁見する――）

意地悪王子との結婚を回避するためには、国王のお眼鏡にかなわないような振る舞いをしなくてはいけない。

そういう嘘や偽りの振る舞いに慣れていないエヴリーヌには、なかなか荷が重い。

（そもそも、リュシアン様のせいよ。あの人のことがよくわからないから、私はこんなに悩んでしまうのに）

意地悪い言動は相変わらずなのだが、思いもかけず優しい言動を見せることもある。

（本気なのかからかっているのか……）

心地好《い》い湯に肩まで浸かり、エヴリーヌは密やかなため息をついた。

第二章　濡れた二人の初めての秘め事

翌朝。

大の大人が何人も横になれそうなほど広い天蓋付きのベッドで、エヴリーヌは浅い眠りから覚めた。

(――私……?)

まだぼんやりした頭で考える。

(もしかして、昨日のことは夢だったのかも。意地悪な王子様に花嫁に選ばれたのも、その王子様に淫らなことをされたのも……みんな夢かも)

しかしエヴリーヌのそんな儚《はかな》い妄想は、ノックと同時に寝室に入ってきたネリーの元気のよい声に打ち砕かれる。

「おはようございます！　エヴリーヌ様！　本日は国王に謁見を賜る日でございます。私、一命をかけましてエヴリーヌ様を三国一の美女に仕立ててご覧にいれます！」

そばかすの浮いた頬を真っ赤に上気させて息巻くネリーに、エヴリーヌは苦笑する。

(こんなに張り切っているのに申し訳ないわ――私は国王のお気に召さないようにしたいの

に）

寝室で焼きたてのパンとカフェオレの軽い食事を摂《と》ると、すぐさまネリーに案内されて化粧室に連れていかれた。

鏡張りの広い化粧室の奥には、ずらりとドレスの並ぶ大きなクローゼットがある。

「これ——全部私のために？」

数えきれないドレスに、エヴリーヌは息を呑《の》む。

「はい！　お城にエヴリーヌ様がおいでになると決まったその日に、リュシアン様が国一番の生地屋と仕立て屋を呼び寄せ、不眠不休で仕立てさせたのですわ」

エヴリーヌは驚くと同時に胸が高鳴るのを感じる。

（私のために——）

すこしほろりとして、クローゼットに並ぶ最新流行スタイルの様々なドレスを眺める。

と、あっと気がつく。

ドレスはほとんどが紅と緑色だったのだ。

「この色……」

昔、猿だのアマガエルだのと嘲笑された色。

そのトラウマで、エヴリーヌはこの歳《とし》になるまで決して紅と緑のドレスは身に着けようとしなかったのだ。頬にかっと血が昇る。

（ひどい……！　嫌がらせなんだわ）

ここまで王子に意地悪される理由が全くわからない。

エヴリーヌはわなわな震えて立ちすくむ。

そんな彼女の心中など知らぬネリーは、ドレスを吟味しながら嬉しそうに声をかける。

「どれもこれも素晴らしい出来上がりですわ。エヴリーヌ様、どれにいたしましょう？」

はっと我に返ったエヴリーヌは、一着のドレスを指差した。

「それがいいわ」

新緑が萌《も》え上がるような艶《あで》やかなブリリアントグリーンのドレスだった。

（そうよ、国王の御不興を買うんだったら、うんと似合わないドレスを着ていくわ）

あまりに口惜しいので、リュシアンの意地悪の逆手を取ってやろうと思ったのだ。

ドレスが決まると大勢の女官たちの手で、エヴリーヌはみるみる美しく装わされていく。

選んだドレスは、ほっそりした頸《くび》とまろやかな胸元を強調する深い襟ぐり、ウエストはあくまで細く、スカートはパニエで優美に大きく拡《ひろ》がっている。襟元と袖口にはたっぷりレースがあしらわれ、裾はサテンのリボンが無数に飾られている。

豊かな金髪をふっくらと頭の上に結い上げ、目の色に合ったエメラルドの髪飾りを付ける。染み一つない白い肌を生かすため、化粧は最小限にとどめ、口紅だけ艶《あで》やかな紅《あか》を引く。

「まあ！　もうすっかり女王様のよう。なんてお美しい！」

エヴリーヌに鏡をかざしながら、ネリーがうっとり感嘆する。

「これならリュシアン様が惚《ほ》れ直すこと、請け合いです！」

エヴリーヌは苦笑するしかない。

(無邪気なネリー、あなたは知らないのよ。あの皇太子様がどれだけ意地悪な人か)

しかし今日はどんなに似合わないドレスでもかまわないのだ。

国王がなんとセンスのない娘だろうと、ひんしゅくしてくれるくらいがいいのだ。

「失礼します。そろそろお仕度おわりましたでしょうか？　皇太子殿下がお待ちです」

化粧室の扉を軽くノックして、シャルロが入ってくる。

「ああシャルロ様、見て！　エヴリーヌ様の出来上がり！」

ネリーがはしゃいだ声を出す。

シャルロは控え目にエヴリーヌを見るが、その煌《きら》びやかなドレス姿に驚きの色を隠せない。

「これは——これほどお美しい淑女は、私は見たことがございません」

エヴリーヌは曖昧に微笑み返す。

皆が賞賛しても、それは皇太子妃候補にたいする遠慮やお世辞でしかない。エヴリーヌにはそうとしか思えなかった。

シャルロに先導され、リュシアンが待っている控えの間に向かう。

「どうぞ、すぐに国王付きの侍従がご案内に参ります」

シャルロに促され、エヴリーヌはおずおず控えの間に入る。

大理石の暖炉に身をもたせかけ、窓の外を眺めていたリュシアンがくるりと振りかえる。

「待ちくたびれた——」

言葉尻が消えてしまう。

リュシアンは入ってきたエヴリーヌの姿を見てはっと息を飲む。

エヴリーヌは唇をきゅっと噛み締め、どうだと言わんばかりに胸を張る。

(いかが？　一番似合わない色を身につけたわ)

リュシアンは見惚《みと》れたようにしばらくじっとこちらを見つめていた。

「これは——なんと」

それからふいに白皙《はくせき》の頬を染め、素っ気なく言う。

「見事にアマガエルの女王様に変身したものだな」

エヴリーヌはなぜだか笑いが込み上げてくる。あまりにリュシアンの反応が予想通りで、傷つくよりも先に可笑《おか》しくなってしまったのだ。

「なにが可笑しい？」

エヴリーヌが微笑《ほほえ》んだので、リュシアンが眉をひそめる。

「いいえ、いいえなんでも」

笑いを噛《か》み殺《ころ》しながら、エヴリーヌはリュシアンの装いに内心感銘を受けていた。

今日の彼は、国王に謁見するために礼服に身を包んでいる。

シルクの上着は金糸でたっぷり刺繍が施され、裾が長く優美に拡がっている。前を開けた上着から身体にぴったりしたヴェストが覗《のぞ》き、これにも刺繍がたっぷり。ベルベットの半ズボンからのぞくシルクストッキングに包まれた脚はあくまですらりと長い。いつも額に垂れかかっている前髪を今日は後ろに梳《と》き流し、少し大人っぽく艶《なまめ》かしい魅力を醸し出している。

正に王族のもつ気品と優雅さに溢れたたたずまいに、エヴリーヌは改めてリュシアンを見直す思いだ。

（これで性格さえよろしければ……）

残念でならない。

「なにか言いたいことでもあるのか？」

エヴリーヌがじっと見つめているので、リュシアンはますます不機嫌そうに言う。

「──いいえ」

今日のリュシアンはいつもより妙に苛立っているようだ。

国王とはいえ自分の父親である。そのように緊張するものだろうか、とエヴリーヌは思う。

ほどなく白い鬘《かつら》を被った国王付きの侍従が現れた。

「失礼いたします。国王が、鏡の謁見の間でお待ちです」

「わかった」

リュシアンは無愛想に答え、礼儀に則《のっと》ってエヴリーヌに片手を差し出す。

「行くぞ」

エヴリーヌは彼の手に自分の片手をそっと乗せエスコートされ、侍従の後から進んだ。

高い大理石の円柱がずらりと並ぶ広い廊下を進んでいくにつれ、エヴリーヌははっと気づいて思わず隣のリュシアンを見た。

エヴリーヌに添えられた彼の手が、次第に汗ばんできたのだ。リュシアンは固い表情で前を見据えている。エヴリーヌの物問いたげな表情にも気がつかないようだ。

(どうなさったのかしら。お体の具合でも悪いのかしら)

エヴリーヌは問うこともできず、気を揉んだ。

やがて鏡の謁見の間に到着した。

警備兵が両脇に立っている大きな紫檀《したん》の扉の前で、侍従がぴたりと足を止め声を張り上げる。

「皇太子殿下のご到着であります」

さっと内側から紫檀の扉が左右に開く。

「どうぞ、国王がお待ちです」

侍従が脇により、二人を促す。

リュシアンがごくりと生唾を飲み込む音を、エヴリーヌははっきりと聞いた。

エヴリーヌの手をぐっと握り直し、リュシアンが前に進み出た。

鏡の謁見の間は、その名の通り一面の鏡張りで、調度品は全て金とクリスタルで象《かたど》られ、鏡に栄えてそれは煌びやかで豪奢《ごうしゃ》だった。

赤い絨毯《じゅうたん》が敷かれた先の階《きざはし》の上段に黄金の玉座がしつらえてあり、そこに国王がどっしりと座していた。

リュシアンに面差しの似た、整った容貌。口髭や鬢《びん》に、少し白いものが混じり出しているが、顔色はつやつやして男盛りだ。薄紫のベルベットの上衣にはオーランド王国の国花である白百合《ゆり》の刺繍が一面に施され、ダイヤモンドをはめ込んだ金の王冠を被り、豹《ひょう》のマントに身を包んだ姿は威厳に満ちている。

階の下まで進んだリュシアンは、膝を突いた。

エヴリーヌもスカートを摘んで頭を下げる。

「陛下、第一皇太子リュシアン・オーランドが参りました。そして――」

リュシアンは傍らのエヴリーヌをちらりと見やりながら続ける。

「彼女が私の婚約者、エヴリーヌ・クレマン公爵令嬢です」

エヴリーヌは緊張しながら頭をさらに下げる。

「お初にお目にかかります。エヴリーヌ・クレマンです。国王にはご機嫌麗しく――」

「おお、これはなんとお美しい。神話の中の花の女神のようだ」

国王の重々しい声がする。

「光栄でございます」

エヴリーヌはいささか拍子ぬけする。どうもこのドレスで不興を買うことはなさそうだ。

「不出来な我が息子にはもったいないような淑女ではないか。のうリュシアン、どのような手管で、このような極上の美女を籠絡したのだ？」

リュシアンの肩がぴくりとした。

エヴリーヌは、国王の声色に悪意のような響きを感じた。

「お前は容姿しか取り柄のない皇太子だからな。クレマン嬢、彼にたぶらかされてはならんぞ。

皇太子と言えど、あなたの気が進まないのであれば、私が進言して差し上げよう」

「あ……の」

エヴリーヌは思いもかけない流れになって、戸惑いを隠せない。

リュシアンは石のように固まって沈黙したままだ。そこにはいつもの少しシニカルで機智《きち》に富んだ彼の姿はない。

「リュシアン、どうなのだ？　この美女を幸せにできるのか？　お前に次期国王としての力量が備わっているのか？」

国王はたたみ掛けるように言う。

頭を下げているエヴリーヌは、傍らのリュシアンの膝が微《かす》かに震えているのがよく見えた。

(自分の息子なのにこんな言い方、国王と言えど酷い……)

国王は気が進まないのならこの結婚を断ってもいいと言ったのだ。

それはエヴリーヌには渡りに船のはずだった。

だが自分を選んでくれたリュシアンを、このようにあからさまに貶《おとし》めるように言われると、なぜか無性に腹が立ってくる。

国王は続けてエヴリーヌに言う。

「どうやら皇太子は次期国王としての自信がないようだ。クレマン嬢、いかがする？　この皇太子であなたはよろしいのかな？」

次の瞬間、エヴリーヌは無礼を承知できっと顔を上げてしまった。

「かまいません！」

口にしてしまってから、はっとする。自分でなにを言っているのかと思いつつ、言葉は止められない。

「皇太子殿下はご立派な方です。国民は皆殿下を敬い慕っています。それは殿下に人を引きつける魅力があるからです！」

リュシアンが驚いたようにエヴリーヌを見る。

エヴリーヌは言ってしまってから全身の血がさーっと引くような気がした。

（わ、私ったら、なんて無礼な行いを……！）

気が遠くなりそうだ。

「も、申し訳ありま……」

慌てて非礼を詫《わ》びようとすると、ふいに国王が声を上げて笑った。

「これは――なんと頼もしい令嬢だ。ははは、私はこれほどはっきり物事を言う淑女を初めて拝見した」

エヴリーヌは羞恥と緊張で目眩《めまい》がしてくる。

「よい、クレマン嬢。私はあなたが気に入った」

エヴリーヌは訳が分からないまま、慌てて頭を下げる。

ふいにリュシアンが立ち上がった。

「では――私はこれにて失礼いたします」

え？　とエヴリーヌは身体を強《こわ》ばらせた。

リュシアンはさっと一礼すると、くるりときびすを返してそのまま謁見の間を出て行ってしまったのだ。

後に残されたエヴリーヌは呆然《ぼうぜん》と立ちすくんでいた。

「まったく——無礼な息子だ、取りつく島もない。いつもあんな調子なのだよ、クレマン嬢」

国王は呆《あき》れ果《は》てた様子だ。

それからエヴリーヌに向き直ると、いくらか寂しさを滲《にじ》ませて言う。

「あのように手の付けられない皇太子だが、よろしく頼む」

「は、はい——」

再び頭を下げながら、父と息子の間に大きな溝があることを悟った。


その後ほうほうの体《てい》で謁見の間を下がったエヴリーヌは、シャルロが扉の前に待機しているのでほっと胸を撫で下ろした。

「ああシャルロ、いてくれてよかったわ。私一人では、この広いお城で迷ってしまうもの」

シャルロは丁重に頭を下げる。

「皇太子殿下に、エヴリーヌ様を部屋にご案内するように命じられましたので」

リュシアンはひどく機嫌が悪そうだったが、ちゃんと自分のことは気にかけていてくれたのだ。

「そのリュシアン様はどこへ？　何だかいつもと違っていて――」

シャルロはちらりとなにか考える顔をしたが、すぐに答えた。

「皇太子殿下は少し外の風に当たりたいと、奥庭を散策されております」

「――奥庭」

小さくつぶやいたエヴリーヌに、シャルロがさりげなく言う。

「あちらの廻廊《かいろう》を右に進みますと、奥庭への通路に出ます」

エヴリーヌは一瞬躊躇《ちゅうちょ》したが、思い切って彼に会いにいこうと思った。

「私、行ってみるわ」

シャルロが頷《うなず》く。

「午餐《ごさん》までにはお戻り下さい」

言われた通り廻廊を右に折れると、すぐに緑濃い奥庭に出た。

手入れの行き届いた庭には色取り取りの花が咲き乱れ、静けさの中に小鳥の囀《さえず》りだけが響く。

（リュシアン様は、どちらに？）

きょろきょろしながらつつる薔薇《ばら》のアーチに囲まれた小径《こみち》を進んでいく。

次第に昔のことが思い出されてくる。

（そうだ、この小径をまっすぐいくと、蓮《はす》の池に出るはず）

記憶をたよりに歩いていくと、ふいに視界が開けた。

「あ――」

一面に緑の蓮の葉が浮いた大きな池のほとりに、リュシアンが佇《たたず》んでいた。背中をこちらへ向けすんなりと立っている姿は、心無しか憂いを含んでいる。

エヴリーヌは逡巡したのち、思い切って声をかけた。

「リュシアン様」

ぴくっと彼の肩が竦《すく》む。ゆっくり振り向いた彼は、いつも通りのシニカルな表情だ。

「なんだ。国王に存分に取りいってきたのか？」

「そんな言い方って――」

これでも少しはリュシアンのことを心配してきたのだ。

「あのようにいきなり退席されるのは、いくら親子でも礼にはずれていると思います」

エヴリーヌの生真面目な言葉に、リュシアンはふっと口の端を持ち上げて笑う。

「かまうものか。あの人は私のことなど気にしない。昔からだ」

吐き捨てるような言い方に思わず、

「そんなことありません。国王はリュシアン様のことを、とても心配されて――」

「出来の悪い皇太子には、困ったものだのぉ」

リュシアンが国王の口まねをした。

「まあ――」

親子のせいかあまりにそっくりな口調だったので、エヴリーヌはあきれて目を丸くする。そのぽかんとした表情に、リュシアンがしてやったりという風ににやりとする。

「もうあの人の話はいい。それより――」

リュシアンはぐるりと池を見渡す。

「この池、覚えているか？」

エヴリーヌはぱっと頬を上気させた。

「――リュシアン様に初めてお会いした場所で」

この池は嫌な記憶ばかりだ。

（猿やカエル扱いされて……どんなに悲しかったか）

池に落ちた時の恐怖まで蘇《よみがえ》る。

「あのとき、リュシアン様に池に突き落とされて――」

ふいにリュシアンが片眉をぴくりと上げる。

「なに？　あれは君が足を滑らせて勝手にはまったんだ」

エヴリーヌはきっと顔を上げる。

「いいえ、違います。リュシアン様がふざけて私を突き飛ばしたんです！」

エヴリーヌの記憶にはそう刻み込まれているのだ。

「なにを言うか。私がそんなことをするはずがないだろう！」

リュシアンがむっとしたように言う。

「あなたならやりかねないですもの」

エヴリーヌが気丈に言い返す。

リュシアンは白皙の顔に血の気を上らせる。

ふいにエヴリーヌの華奢《きゃしゃ》な肩をつかみ、引き寄せる。

「ではもう一度、この池に落としてやろうか」

ぐっと池の端に押され、恐怖が全身を走る。

「いやっ、やめてください！」

リュシアンは端整な顔を皮肉そうに歪《ゆが》める。

「私は出来の悪い皇太子だからな、君もそんな私に選ばれてさぞや残念だろうね」

エヴリーヌはそんな言い方をする彼に、ひどく哀《かな》しいものを感じる。

リュシアンは容姿もさることながら、政事にも優れた手腕を発揮していて、次期国王として民たちの期待も高い。そんな彼が、このように自分を卑下するようなことを口にする姿はあまりに痛ましい。普段高慢なくらい自信に満ちている彼のほうがよほどましだと、エヴリーヌは思った。

しかし怯えた彼女はその思いを口にできない。

「え——いいえ、そんな……」

口ごもっているとさらに強く引き寄せられた。

「あの時もびしょ濡れだったが、今日も濡《ぬ》れたいか？」

「え?……ん、んぅっ」

ふいに唇を塞がれる。食らいつくような強引なキス。

「……ん、ふ、ふぁ……」

濡れた舌先が唇を割り、口腔《こうこう》を乱暴に掻き回す。

「だ……や、あ……ぁあ」

顔を背けようとすると、片手で細い顎を掴まれ固定されてしまう。そしてさらに激しくキスを仕掛けられる。

「んぅ、う、あ、うぁ……」

舌を絡められぬるぬると擦り上げられると、背中に甘い痺《しび》れが走り全身の力が抜けていく。

「逃がさないよ——君だけは」

唾液で濡れ光る唇をわずかに離すと、リュシアンは恐ろしいほど妖艶な目で見つめてくる。

「リュシ……」

なにか言おうとする前に再び唇を奪われ、そのままゆっくり地面に押し倒される。

「んぅっ、やぁ……んんっ、はぁっ……」

リュシアンの熱い舌に翻弄され、身体の奥底からじくじくした熱が湧き上がってくる。

懸命に逃れようとするが、リュシアンの腕がしっかりと押さえ込んで身動きも出来ない。そうしている間にも、舌を吸い上げながらリュシアンの繊細な手が、胸元を柔らかくまさぐってくる。

「う……くぅ、ふ……」

乳丘が半分ほどものぞく襟元から巧みに手が忍び込み、直接肌に触れてくる。

「ひ……や……はぁ、あ……」

くりくりと乳首を抉じられると、そこがたちまちつんと固く凝ってくるのがわかり、恥ずかしさで全身が熱くなる。

「乳首がこんなにいやらしく尖《とが》って……」

きゅっと指の間に挟まれた乳首が、きつく捻《ひね》られる。

「い……痛っ……や、ぁあ、あ……」

ようやく唇を解放されたエヴリーヌは、か細い悲鳴を上げる。執拗《しつよう》にそこを揉《も》み潰されると、ひりひりした痛みがなぜか甘い愉悦に変わっていく。

「その泣く声がたまらないよ――」

リュシアンは低い声でささやきながら、襟ぐりに手をかけてぐいっと引き下ろしてしまう。ぽろんとまろやかな乳房がまろび出て、ふるふると揺れる。

「きゃ、だめ……っ」

野外で乳房を剥《む》き出しにするなんて――慌てて両手で胸を覆い隠そうとすると、リュシアンがひやりとした声で言う。

「逆らうと、また括《くく》ってしまうよ」

「や――」

先日椅子に括られて淫らな行為をされたことを思い出し、身体がぶるっと震える。思わず両手を左右に開くと、リュシアンが微笑《ほほえ》んだ。

「そう、いい子だ。私のなすがままに――」

しかしその目は全く笑っていない。獲物を狙う獣のような目だ。

「お、願い……も……」

エヴリーヌは怯《おび》えて硬直する。

「だめ。濡らしてあげるって、言ったろう？」

リュシアンは乳房に顔を寄せると、茱萸《ぐみ》の実のように赤く色づいた乳首にふうっと熱い息を吹きかけた。

「あっ……」

ぞくんと悪寒のような感覚が背中を抜ける。

「可愛《かわい》い、この乳首、食べてしまいたい」

ちろりと赤い舌がのぞき、乳首をねっとりと舐《な》め回す。

「はあっ……や……ぁ、あ……」

ひりつく乳首をぬるぬると擦られると、下肢がじんじんと痛むほどに疼く。

「ああ、君の身体はどうしてこんなにも、どこもかしこも美味しそうなんだ」

リュシアンはため息を漏らしながら、左右の乳首を交互に口に含み、舐《ねぶ》り扱《しご》く。

「……はぁっ、あ、だめ……そんなに、しちゃ……いやぁ……」

乳首の先から湧き上がった淫靡《いんび》な快感が全身を駆け巡り、隘路《あいろ》がうずうずとしてとろりと濡れてくるのを感じる。

「だめなの……そんなに、あぁ、はぁ……っ」

熱い口腔で凝った乳首がしゃぶられるたびに、どんどん身体が熱を帯び、蜜口から溢れた愛蜜が太腿《ふともも》をぬるつかせる。

「も……吸わないで……そんなにしちゃ……つらい……っ」

舌先が爪弾くように乳首を突《つ》つくかと思うと、柔らかい唇がちゅっと音を立てて吸い上げ、濡れた舌が上下に細かく揺さぶる。リュシアンの執拗な舌技に、エヴリーヌはなす術《すべ》もなく翻弄される。

「つらいの？　どこが？　ここが？」

乳首を弄《いじ》りながら、男の手がスカートを捲《めく》り上《あ》げ奥へ侵入してくる。

「だ、め、そこ……っ」

すでに下着まではしたなくぐっしょり濡れそぼっているのを知られたくなくて、エヴリーヌは身悶えて彼の腕の中から逃れようとする。

しかしそれより早く、リュシアンの手はしとどに濡れた太腿の狭間《はざま》にたどりついてしまう。

「ああ——もうびしょ濡れだ」

リュシアンが感に堪えたような声を出し、さっと下着を引き下ろしてしまう。

「きゃ……っ……あ、だめ……」

長い指先が柔らかな太腿や震える鼠蹊部《そけいぶ》に這《は》い回《まわ》る感触に、ぶるっと総毛だってしまう。

「気持ちいいの？　感じてる？」

こりこりと意地悪く乳首を甘噛みされると、痛いのにひどく疼いてしまい、ますます愛蜜がとろりと溢れ出す。

「……あ、感じてな……ふぁ、あぁ……」

指先が薄い茂みの奥の秘裂に触れてくると、ぞくぞく媚肉が震える。

「嘘《うそ》つきだね、こんなにびっしょり濡れているのに――」

リュシアンが濡れ光る指を持ち上げて、鼻先に突きつける。

「いやぁっ……」

淫らで甘酸っぱく艶《なま》めかしい香りに、エヴリーヌは羞恥で耳朶《みみたぶ》まで血を上らせる。リュシアンの手にかかると、まるで注ぎすぎたミルク壷《つぼ》のように恥ずかしい蜜が溢れてしまう。

「違う……濡れてなんか……いや……」

淫らな自分の身体が信じられなくて、エヴリーヌはぎゅっと目を閉じて首を振る。

「意外に頑固なんだ――いいよ、見せて上げる」

おもむろに身を起こしたリュシアンは、エヴリーヌの膝裏に両手をくぐらせ、ぐいっと膝の裏が顔に付きそうなほどに身体を二つ折りにした。思わず目を見開いてしまう。

「な……きゃぁあっ」

そのまま両脚を大きく拡げられ、あられもない格好になる。

「やぁ、やめて……こんなの……っ」

身を捩ろうにもこの体勢では全く身動き出来ない。

「いいね。君の恥ずかしい箇所が丸見えだ」

リュシアンが薄く笑う。

「おね……がい、こんな格好……」

涙目で懇願するが、その憂いを帯びた様は男を無意識に誘っているようにしか見えない。

「どんなに濡れているか、教えて上げる」

エヴリーヌの両脚を抱え上げたまま、リュシアンが股間に顔を寄せてくる。

「いやあ、だめ、舐めちゃ……っ」

彼がなにをするつもりか悟ったエヴリーヌは、悲鳴を上げる。

恥ずかしい部分を舐められたら——。どれほど自分が淫猥《いんわい》に悶《もだ》えるか、エヴリーヌはすでに身をもって知っている。

「泣いてもだめ。舐めるよ、ほら」

リュシアンは見せびらかすように長い舌を突き出すと、そのままちゅるっと卑猥《ひわい》な音を立てて媚肉に食らいつく。

「あ、あぁあっ」

激しい愉悦に足が震え、爪先まで痺れてしまう。

リュシアンは膨れた花唇を咥え込むようにして、秘玉ごと愛蜜を啜《すす》り上《あ》げる。

「ふ、ひ……はぁ、はあぁ……」

敏感な秘玉をきつく吸い上げられるたびに、脳芯が真っ白に染まる喜悦が走り、あられもない嬌声が止められない。くちゅくちゅと舌で淫襞を掻き回されると、隘路が嬉しそうにひくひくと収縮を繰り返す。

「くぅ……ふぅ、ぁあ、あぁあん……」

自分の顔の真上でちゅうちゅうと愛蜜が泡立ち吸い上げられ、恥辱と興奮に四肢が蕩《とろ》けてしまう。

「ああすごいよ、もうどんどん溢れてきて――」

言われるまでもなく、リュシアンが啜《すす》り残した愛液が、たらたらと剥き出しの乳房の上に滴ってくる。

「いやぁ、もうやめて……お願い……だめなのぉ……」

リュシアンの巧みな舌の動きに合わせて、不自由な身体が淫らにくねってしまう。

「すごい、真っ赤に濡れた花びらが、いやらしくうねって誘っているよ」

美貌を愛液で淫らに濡らしたリュシアンが、興奮で掠れた声を出す。

「いや……言わないで……意地悪……ひどい……」

あまりの自分の痴態に、涙が溢れてくる。恥ずかしいのに歓喜に悶えてしまう自分が、嫌でたまらない。

「意地悪？　でも君は私のこの意地悪が、大好きなのだろう？」

再び尖らせた舌でぐちゅぐちゅと濡れ襞を掻き回されると、腰がじんと甘く痺れ、頭が煮え立つほどに熱くなり朦朧《もうろう》としてくる。

「あ、あぁ……ちが……う……んぅ」

否定する声が甘く媚びるような響きを帯びてしまう。

淫襞が、満たして欲しくてひくひく蠢くのが自分でもわかり、止めることができない。

「ああ可愛い、その表情——もうたまらないよ」

ふいにリュシアンは片手でエヴリーヌの足を支えたまま、素早く半ズボンを引下ろした。

「きゃ……っ!」

トラウザーズを緩めたリュシアンは、いきり立った欲望の楔《くさび》を露《あらわ》にした。

それはエヴリーヌが生まれて初めて目の当たりにする、成人男子の屹立《きつりつ》した肉塊だった。

玲瓏《れいろう》なリュシアンからは想像もできないほど、それは荒ぶり赤黒く屹立している。禍々《まがまが》しくて目を反らしたいのに、なぜかそれもできず、ただ扇情的な男の怒張に魅入られた。

「これ、わかる？　君が欲しくてこんなに硬くなってるんだ」

リュシアンが欲望を押し殺した声でささやく。

目の前に突き出された、太い血管が脈打つ昂《たかぶ》りに、隘路がきゅうきゅう痛むほどに蠢く。

「君が、欲しい——今すぐ」

そう言うや否や、リュシアンは両手でエヴリーヌの足を抱え直し、覆い被さってくる。

「や……だめ……だめぇ」

まだきちんと結婚を承諾したわけではないのだ、と声を上げようとしたが、その前に蜜口に熱く灼《や》けた先端が押し付けられ、呆然と息を呑む。

「もう待てない——君は私のものだ」

リュシアンはおもむろに腰を沈めてきた。

びっしょり濡れそぼった秘唇の割れ目に、笠《かさ》の開いた亀頭がずずっと押し入ってくる。

「ひ……だめっ……あぁ、ひぁあっ……」

硬い肉の滾《たぎ》りが、じりじりと処女の隘路を押し広げて侵入してくる。内側からみしみしと拡げられる激痛に、エヴリーヌは白い喉を仰け反らして悲鳴を上げる。

「やめ……痛……あぁ、いやぁ、挿《い》れないでぇ……っ」

頭をぶるぶる振ると、綺麗に結い上げた金髪がおどろに乱れた。

「……ひぅ……は、くぅ……やぁあ……」

愛蜜のぬめりを借りて、極太の肉胴がじわじわと最奥に突き進む。それは身体が真ん中から引き裂かれるような圧迫感で、痛みと混乱にエヴリーヌは息を詰めて身を強《こわ》ばらせる。

「く——なんて、狭い」

リュシアンが一旦動きを止め、宥《なだ》めるように声をかける。

「エヴリーヌ、エヴリーヌ、いい子だ、息を吐いてごらん」

「あ……あぁ、は、はぁっ……」

目尻に涙を溜《た》めながら、エヴリーヌは言われるままにゆっくり息を吐き出す。

その瞬間、リュシアンが張りつめた肉茎を、一気に最奥まで貫いた。

「っ……きゃああ、あぁあぁっ」

灼熱の肉塊が子宮口まで届き、エヴリーヌは目を見開いて絹を裂くような悲鳴を上げる。

「ああ全部挿入《はい》ったよ――」

リュシアンが肩で息を継ぎながら感慨深く言う。

「ああ……あ、あ……」

自分の体内で他の人間の脈動を感じる。

今までリュシアンから受けた指や舌での愛撫《あいぶ》による甘やかな快感とはほど遠い、激烈な猛々《たけだけ》しい行為。隘路がめいっぱい拡げられて、身動きすると壊れてしまいそうだ。

涙目で見上げれば、真摯にこちらを見つめている青い瞳と目が合う。

「やっと君とひとつになった」

リュシアンは深いため息を一つつくと、ゆっくりと雁首まで剛棒を引き抜き、またぐっと最奥まで突き入れた。

「……あっ、あっ、あ……」

太い肉胴に柔襞《やわひだ》が引き出されてしまいそうな感覚に、エヴリーヌは逼迫《ひっぱく》した声を上げる。

「ひ……だめ、壊れちゃう……あ、ああ……」

初めて男を受け入れた隘路は削り取られるように軋《きし》む。しかし、ゆっくりと何度も往復されているうちに、滲《にじ》み出《だ》した愛液のぬめりが、次第に動きを滑らかにしていく。

「はぁ、ああ、はぁあ……」

次第に苦痛が薄れ、なにか熱く燃え立つような感覚が下腹部の奥に生まれてくる。

「エヴリーヌ――エヴリーヌ」

リュシアンが腰を穿《うが》ちながら、聞いたこともない情熱的な声で名前を呼ぶ。

ぐちゅぐちゅと泡立った愛蜜と散った処女血が、抜き差しのたびに結合部から溢れてくる。

「……は、あぁ、あぁん、あん……」

下肢から込み上げる疼痛《とうつう》の中に、甘い愉悦が混ざり始め、それが加速度的に膨れ上がってくる。

「どうだ？　好《よ》くなってきたか？」

リュシアンが律動を繰り返しながら聞く。

「や……わか……ら、あ、はぁ、あぁん」

衝撃と混乱に首を振るが、確実に深い喜悦が燃え上がってくる。媚肉が削られる感触に、ぞくぞく甘く感じてしまい、突き上げられるたびに艶かしい喘ぎ声が漏れてしまう。

こんなあられもない格好でこんな激しく奪われて、口惜しくて感じたくなんかない。そう頭の隅で自分に言い聞かすが、激しく揺さぶられるたびに、

「ああん、あん……」

自分でも耳を覆いたくなるほど、淫らな嬌声が漏れてしまう。

「可愛らしい声だ。その声をもっと聞きたい」

次第にリュシアンの腰の動きが大胆になる。

ぐっと奥まで穿ったかと思うと、腰を押し捻るように回転を加えてぐりぐり膣壁を擦り上げる。

「あ、も……そんなにしちゃ……あぁ、あああん」

笠の開いた先端で子宮口まで突き上げられると、頭の中に真っ白な愉悦の閃光《せんこう》が瞬《また》き、知らずに強くいきんでしまう。そうすると蠢《うごめ》く媚肉が男の脈動に絡み付き、物欲しげに締めつけてしまう。

「——君の中は、きつくて素晴らしいよ」

リュシアンが気持ちよさげな声を出し、さらにぐらぐらと揺さぶり立てる。

「ひぅ、はぁ、いやぁ、こんな……あぁ、あぁん」

羞恥に苛《さいな》まれながらも、腰が蕩けそうなほど気持ち好くなってしまい、よがり声が止められない。

「は、リ、リュシアン、わ、たし……なんだか、ああっ」

「いいんだよ、エヴリーヌ。思うままに感じて。私を感じて」

リュシアンの知的な額から玉のような汗が、ぽたぽたと揺れる乳房の上に滴る。

最初はがむしゃらに腰を打ち付けているようだったのが、エヴリーヌが快感を貪りだすと、反応を窺いつつ感じやすい箇所を探るように穿ってくる。

硬い先端がぐりっと膣壁の上辺にめり込むと、脳芯が蕩けそうなほど感じ入ってしまい、ひときわ猥《みだ》りがましい声が漏れてしまう。

「ここか？　エヴリーヌ、ここが感じる？」

リュシアンはその部分をぐりっと亀頭を擦り付けるようにして、突き上げる。

「はぁう、うあ、だ、め、そこ……そこだめ……いやぁあっ」

喜悦の波に一気に押し流され、エヴリーヌは目覚めた本能の欲望のままに身悶《みもだ》える。

「可愛いよ、エヴリーヌ、もっともっと好くなれ。私と天国に昇ろう」

ずちゅずちゅと愛液の弾ける淫猥な音が静かな庭に響く。虚《うつ》ろな目で見上げれば、空はどこまでも抜けるように青い。自分が今屋外でこんなはしたない行為に耽《ふけ》っているのが、白昼夢のようだ。

男と女が欲望のまま一つになった今、二人を隔てていたわだかまりすら瓦解《がかい》していく。

「あ……ふぁ、あ、あぁ、もう……怖い……なにか、なにかが……来るの……っ」

エヴリーヌはせり上がってくる大きな波のような愉悦に、腰をがくがく震わせながら仰け反《そ》る。淫らな声を上げたくないのに、抑えていては意識がどこかに飛んでいってしまいそうで、もはやなりふりかまわず嬌声を上げ続けるしかない。

「いいよ、エヴリーヌ、このまま私と一緒に――」

リュシアンはエヴリーヌの両脚をぐっと抱え直すと、さらにくるおしい速度で抽送を繰り返す。

「ああっ、いやぁっ、こ、壊れ……て、あぁ、壊れちゃう……っ」

ずんずんと張り出した先端で最奥を抉《えぐ》られるたびに、脳裏が快感でどろどろに溶け、もうなにも考えられない。

蕩けてしまう。もうやめて欲しい。

なのに濡れそぼった媚襞《びへき》は、男の肉茎にきつく絡み付きさらに奥へ奥へと引き込もうとする。

「……ひ、はぁ、も、許し……ぁあ、んんぅ、んぅっ」

朦朧とした意識の中で、絶頂の熱い波がすぐそこまで押し寄せていることをありありと感じる。

「最高だ――エヴリーヌ、私も――もう」

リュシアンが息を凝らし、最後の仕上げとばかり小刻みに腰を打ち付けてくる。

「は、はぁ、あ、も、やぁ、だめ、達っちゃう、あ、あぁあぁっ」

激しい揺さぶりによがり声が切れ切れになる。

次の瞬間、身体の奥でびくんとリュシアンが大きく脈動した。

「――っ」

びゅくびゅくと肉棒の滾《たぎ》りが、熱い欲望の飛沫《しぶき》を弾《はじ》かせる。

「あ、あぁ、あああぁっっ」

同時にエヴリーヌも限界に達し、爪先を引《ひ》き攣《つ》らせ身体を硬直させる。

一瞬、意識が飛び何もわからなくなる。

リュシアンが幾度も強く胴震いし、白濁した精をくまなく放出する。

「……は、あぁ、はぁ……は」

下腹部にじんわりと拡がる熱を感じながら、エヴリーヌはぐったりと身体を弛緩《しかん》させる。ぼんやりした目で見上げると、リュシアンも潤んだ瞳で凝視している。

「――素晴らしかった――エヴリーヌ」

そっと寄せられる唇を、エヴリーヌは目を閉じて受け入れる。

強引に淫らに初めてを奪われてしまったのに、不思議と悲しみや怒りはない。まだ自分の中にリュシアンを収めたまま、彼の啄《ついば》むようなキスを受けているとひどく満たされた幸せな気持ちになる。

（なんだろう――この気持ち……？）

エヴリーヌは虚ろな意識で考えようとするが、うまくいかなかった。

そのうち本当に気が遠くなってくる。

最後に視界に入ったのは、いとおしげに見下ろしてくるリュシアンの美貌と、その背後に揺れる木々の若葉だった――。

第三章　甘美で淫猥なワルツ

ふっと気がつくと、貴賓室のベッドの上に横たわっていた。
紗《しゃ》のカーテンが下がった大きな窓越しに、夕方の日差しが低く射し込んでいる。
(――私……?)
起き上がろうとして下腹部にひどい違和感を感じる。
あっと一気に目が覚める。
昼間の奥庭での狂態をありありと思い出す。
(いやだ――私ったら……)
乱れに乱れたあげく、失神してしまったのだ。
「――目が醒《さ》めたか?」
突然ノックと同時に扉が開き、リュシアンがずかずかと入ってくる。
「きゃっ――」
あわてて掛布を目元まで引き上げて顔を隠す。
リュシアンはベッドの端に腰を下ろし、身を乗り出してくる。

「い、いきなり部屋に入ってくるなんて失礼です」

頬《ほお》に血が昇り火照って、こんな顔を見られたくない。

「ノックしただろう」

リュシアンは平然としてますます身を寄せてくる。

「返事も待たずに——」

ふいにリュシアンが乱暴に掛布を引きはがしてしまう。

「やぁっ、なにをするの?」

あわてて両手で顔を覆う。

「身体の具合を心配して来てやったのだ」

リュシアンはエヴリーヌの両手を掴むと、そのまま唇を塞いでくる。

「や……んぅ、んんっ」

ベッドに押し付けられ拒むこともできないまま、舌を絡めとられ深く吸い上げられる。

「……は、ふぅ……んぅ」

息も奪うほど何度も強く舌を吸われ、呼吸もできず頭がぼうっとしてしまう。

ようやく唇が離れた時には、すっかり身体の力が抜けてしまっていた。潤んだ目で見上げると、リュシアンが眩《まぶ》しそうに目を眇《すが》める。

「——そんな目で見るな。また押し倒したくなる」

あの嵐のように激しい時間を思い出し、エヴリーヌはびくんとして身をすくませる。

リュシアンは苦笑いし、彼女のほつれた金髪を撫で付けながら言う。

「結婚式の日取りだが、占星術師たちの占いの結果が出た。国王が、私たちの結婚式は秋に大々的に行いたいと言ってきた。君はあの人に気に入られたらしい。どうやったらあの冷酷人間の心を溶かせるのか、教えて欲しいくらいだが」

「──結婚式」

目を見開いて息を呑むエヴリーヌに、リュシアンが薄ら笑いを浮かべる。

「なにを驚く。君は国王の前で、不出来な皇太子でかまわないと堂々と宣言してくれたじゃないか？」

あっと思い出す。

「あ、あれはつい──売り言葉に買い言葉で……」

言い繕おうとするエヴリーヌの唇が再び強く塞がれてしまう。

「う……ぅ……んぅ」

ちゅっと音を立てて唇を離したリュシアンは、強い視線で見据えてくる。

「君は選ばれたんだ。私と結婚する。いいね」

エヴリーヌはまるで魔法がかかったように知らず知らずこくりと頷《うなず》いていた。

するとリュシアンが、さっと懐から一葉の書類を取り出す。

「では、ここに署名をして」

「え？」

驚いて差し出された書類を見ると、正式な結婚誓約書であった。

「ちょ……こ、こんなところで、急にそんな――」

そういうことは結婚式が済んでからのことだと思っていた。

「まだ神様の前で誓ってもいないのに……」

おろおろするエヴリーヌに、リュシアンはにやりと笑いかける。

「神に誓う前に、私たちはもう初夜の儀式を終えてしまったろう?」

かっと全身が熱くなる。

「そ、そんな――あれは強引に……」

言い募ろうとすると、再び唇を塞がれる。

「……んぅ、んっ……」

ぬるぬると熱い舌で歯茎や歯列をなぞられ、口腔《こうこう》を激しく掻き回されるとぞくぞく背中が痺《しび》れて、頭がぼうっとしてしまう。

「署名するんだ」

唾液の銀の糸を引きながら唇を離し、リュシアンが怖いくらい真剣な声で言う。

「は……い」

ずるい――甘いキスで言いなりにするなんて。

そう思うのに、リュシアンがベッドの脇の小卓の上から羽ペンを取って差し出すと、無意識に受け取ってしまう。

「さあここに」

指し示された箇所に、震える手で署名してしまう。

「よし！」

素早く手から羽ペンを奪うと、リュシアンはエヴリーヌの名前の横にさっと自分の名前を書き込んだ。

「これで私たちは正式に夫婦になった」

リュシアンは満足そうに書面をかざした。エヴリーヌはこの事実がまだ頭にうまく入ってこず、呆然《ぼうぜん》とその様子を見ている。

リュシアンは顔を寄せ、鼻と鼻がくっつきそうなほど近づける。

「君は一生私のものだ」

エヴリーヌはその深い青い目に魅入られながら、まるで自分が悪魔と契約してしまったような気持ちになる。

もうこの皇太子から逃れられないのだ。つーっと一筋の涙が、エヴリーヌの目尻からこぼれる。それが悲しみのせいなのか喜びのせいなのか、彼女にはわからない。

白い頬に流れたその涙を、リュシアンがそっと唇で受けた。

「泣くな。いや、泣いてもいい。好きなだけ泣くといい。いくら泣こうと、私がその涙を全部受け入れてやる」

エヴリーヌはそれが彼なりのプロポーズの言葉なのだろうかと、ぼんやり思う。

リュシアンはしばらく彼女を壊れ物でも扱うような手つきで抱いていた。それからおもむろに腕を離す。

「婚姻が成立したことは、あの人——国王にも伝えておく。いちおう結婚式が済むまでは、寝室は別々にしておこう。では、私は午後の政務にでかけてくる。隣国アジャーニ国のフィリップ皇太子が、友好のために来訪されるので、出迎えにいく」

立ち上がって扉に向かおうとしたリュシアンは、肩越しに振り返り言う。

「なにか冷たい飲み物でもネリーに持たせようか」

改めて喉がからからなことに気がつく。

「——お願いします」

「うん。水分が無くなるとカエルは日干しになってしまうからね。ひからびた花嫁では、私も困る」

リュシアンは悪戯《いたずら》っぽくウィンクすると、部屋を出ていった。

「はー……」

ベッドに身を沈ませ、深いため息をつく。

(とうとうリュシアン様と結婚してしまった——)

リュシアンもクレマン家も国王も、それが当然だと思っている。まだ思い惑っているのは自分だけかもしれない。

始めは幼い頃のトラウマで、リュシアンとの結婚はこの世の終わりだと思うくらいに嫌だった。無垢《むく》なエヴリーヌは、素敵な男性と心から愛し愛されて結婚し結ばれるのだと、ずっと信じてきた。それが――。

たまたま選ばれて意地悪な皇太子の花嫁になってしまい、優しい愛の言葉も素敵なささやきもないまま、処女まで散らしてしまった。その行為は、うすらぼんやりとエヴリーヌが頭に思い描いてたようなものとは全く違い、荒々しくくるおしく痛みと愉悦の入り混じるものだった。

そして今の強引な結婚誓約書への署名。

口惜しいのは、自分を愚弄し振り回すリュシアンに、次第に好意のような感情が生まれていることだ。それが愛情なのかどうかは、恋愛経験のないエヴリーヌにははっきりとはわからなかった。

（ああこんなに私が思い悩んでいるなんて、リュシアン様は思いもしないのだろう――意地悪なあの人は）

考えれば考えるほどに気持ちがざわついてしまい、それを抑えることができなかった。


翌日。

ベッドで軽い朝食を摂っているエヴリーヌの元へ、例のごとくノックと同時にリュシアンが入ってきた。給仕をしていたネリーが、あわてて頭を下げて部屋を出ていく。

エヴリーヌはまだ寝間着姿だったので、急いで側の椅子にかけてあったガウンを羽織ろうとすると、リュシアンが面倒くさそうに手を振る。

「ああいい、そのままで。食事を続けて」

「は、はい……」

しかし寝間着はシルクの薄物で、露《あらわ》に身体の線が出てしまい恥ずかしくてならない。

リュシアンは全く気にする素振りもなく、ベッドの側の椅子に腰掛けると長い足を組んだ。

「夕方、国王主催のフィリップ皇太子歓迎の舞踏会が開かれる。君は私の代理として、うんと美しく装って出席してほしい」

「わかりまし――」

うなずきかけてはっとする。

「だ、代理って？」

リュシアンはむっとした口調になる。

「あの人主催の舞踏会になど、私は出ない」

口をへの字に曲げてそっぽを向くリュシアンに、エヴリーヌはあきれ顔で言う。

「そんな――皇太子がお出にならないで、私だけなんて」

「君はもう私の妻だ。そのくらいできるだろう」

(国王のことになると、まるで子どもみたいな態度をお取りになって――)

父と息子の間にあるわだかまりの深さに、エヴリーヌは胸が痛む。

これで自分まで出席しないなどと言ったら、ますます国王の不興を買ってしまうに違いない。

「わかりました――出席します」

そう答えると、ぱっとリュシアンの顔がほころぶ。

「そうか！　まあ――私の命令なのだから当然従ってもらうがな」

憎まれ口を叩きながらも優しく唇にキスをする。ちゅっちゅっと何度も唇を食《は》むようなキスをされ、胸がとくんとときめいてしまい、エヴリーヌは頬を染める。

（私ったら――リュシアン様のお役に立ちたいと思うなんて）

彼が微笑《ほほえ》んでキスしてくれるだけで、なぜこんなにも心が躍るのかわからない。

どぎまぎしているエヴリーヌを、リュシアンは面白そうに見つめる。

「朝から興奮した？　乳首が勃っているぞ」

「え？　やっ……」

はっと胸元を見ると、薄いシルクを色づいた乳首が押し上げているのがくっきりわかる。

「もう、からかわないでください！」

耳朶《じだ》まで真っ赤になって胸元を両手で隠す。

「君がかまわないのなら、今すぐここで抱いてやろう」

リュシアンが手を伸ばして、乳房に触れようとする。

「やめてください！　もうお行きになって！」

身体を捩《よじ》って触らせまいとすると、リュシアンが朗《ほが》らかに笑いながら立ち上がった。

「無理しなくてもいいのに」

かあっと頭まで血が昇りますます身体を縮みこませると、リュシアンは手を伸ばして金髪をくしゃくしゃに掻き回し、そのまま立ち去った。

（もう――ときめいたりして、馬鹿みたい。私をからかって楽しんでるんだわ）

ぼさぼさにされた髪の毛を撫で付けながら、エヴリーヌはむかっ腹が立ってしかたがない。

国王主催のフィリップ皇太子歓迎の舞踏会は、王宮の一番広い離宮で開催されることになった。

オレンジの木や夾竹桃《きょうちくとう》に囲まれた大きな噴水から長さが百メートルもあるアーチ型天井の廻廊《かいろう》が、ヴィーナスの間と呼ばれる絢爛豪華《けんらんごうか》な天井画のある広間へ続いている。

その広間の四隅には長い大理石のテーブルが置かれ、山海の珍味がふんだんに並んでいる。王宮専属の楽団が優美な曲を奏で、金ぴかのお仕着せに身を包んだ侍従たちが銀の盆にワインのグラスを載せてすいすいと行き交う。

そして国中から招かれた名のある貴族たちが、贅《ぜい》を尽くした装いで集まっている。

国王は一段高い位置にある階の玉座で、隣に座している賓客であるフィリップとにこやかに歓談している。

そこへ銀のベルを付けた杖《つえ》を鳴らしながら、呼び出しの侍従が声を張り上げた。

「皇太子妃のお付きです」

広間の会話が一瞬止《や》んだ。全員の目が広間の扉の方に向けられる。

幸運にも皇太子の妃に選ばれたエヴリーヌを、どの貴族もひと目見ようと期待と興奮に満ちていた。

ゆっくりと左右に扉が開き、エヴリーヌがしずしずと入場してきた。

ほおっと、広間中に感嘆のため息が漏れる。

今日のエヴリーヌは、深紅のドレスに身を包んでいた。

透き通るような白い肌に細かい襞《ひだ》を重ねてボリュームを出した真っ赤なドレスを着た姿は、見事に開いた紅薔薇のように艶《つや》やかだ。結い上げた金髪には生花の薔薇が飾られ、ほっそりした首筋にふさふさと巻き髪を垂らし、整った美貌をさらに美しく象《かたど》っている。ふっくらまろやかな胸元、あくまで細いウエスト、すらりとしたたたずまい。

背筋を伸ばし滑るような足取りで優雅に進んでくるエヴリーヌを、人々は口々に賛辞する。

「なんとお美しい——まるで美の女神の生まれ変わりのようだ」

「あの見事に細いウエストをごらんになった？　それにあんな蜂蜜のような艶《つや》やかな金髪は見たことがないわ」

「皇太子殿下は見事金星を引き当てられた。本当に運が良いお方だ」

当のエヴリーヌと言えば、緊張のあまり周囲のひそひそ声など耳に入らない。

（リュシアン様の代理なのだから、あの方の恥にならないようにしなくちゃ）

と、必死に自分を鼓舞していた。

「おお、エヴリーヌ嬢。ささ、こちらへ、私の前へ」

国王は立ち上がってエヴリーヌを手招く。

エヴリーヌは階《きざはし》の前まで進むと、優雅に一礼して口上を述べる。

「本日はかくも盛大な舞踏会にお招きいただき、感謝に堪えません」

国王は満足そうにうなずき、隣のフィリップ皇太子を紹介する。

「エヴリーヌ嬢、こちらが隣国皇太子フィリップ殿下だ」

エヴリーヌはわずかにフィリップの方に顔を向ける。

長めの金髪を梳《す》き流し、意志の強そうな茶色の瞳、いささか鷲鼻《わしばな》ではあるが、なかなかの美男子だ。長身を黒いベルベットの礼服に包んだ姿は、ひときわ際立って格好がいい。

「お初にお目にかかります。エヴリーヌと申します」

フィリップは、ぽかんと口を開けてエヴリーヌに見惚《ほ》れている。

しばらくしてからはっとしたように返事をする。

「――アジャーニ国第一皇太子フィリップと申します。お見知りおきを」

国王は満面の笑みで声をかける。

「してリュシアンはどこに？」

エヴリーヌはぎくりとする。

が、その気配を見せまいとあらかじめ考えてきた言い訳をする。

「あの――皇太子殿下はその、ひどくお腹《なか》が痛いと申しまして――本当に残念ですが出席を見合わせることに――あの、国王陛下にはくれぐれも申し訳ないとお伝えするように――」

「わかった――もうよい」

国王が抑揚のない声で言う。わずかに怒りが含まれているようで、エヴリーヌはひやりとする。しかし国王はすぐに機嫌のよい表情に戻る。

「花の女神のようなあなたがいるだけで、舞踏会は一段と華やかになった。今宵《こよい》は無礼講だ。存分にダンスをお楽しみなさい」

一礼してその場を去ろうとすると、背中に痛いほど視線を感じる。ちらりと振り返ると、フィリップ皇太子が燃えるような目でこちらを見つめていた。

「皇太子妃様、久しぶり。どうか僕と一曲踊ってくれませんか？」

「いや、私の方が先ですよ、皇太子妃様」

ワルツの演奏が始まると無礼講ということで、わっと大勢の若い貴公子がエヴリーヌを取り囲んだ。彼らは以前、あちこちの舞踏会でエヴリーヌにダンスを申し込んだ者たちばかりだ。

「まあエドモンド公、ルモンド伯。お久しぶり」

懐かしい顔見知りに囲まれ、エヴリーヌは心が弾む。

「しかし我らが女神が、皇太子殿下にさらわれてしまうとはなあ。悔しい限りですよ」

「私だってあなたに恋いこがれていたんです」

「私もずっとあなたを狙ってたんだ」

恨み言を聞かされエヴリーヌはえ？　と首をかしげる。

「だって——皆さん、一人も私にプロポーズしてくれなかったわ」

すると彼らは顔を見合わせた。そのうちの一人、エドモンド公が咳払《せきばら》いをしながら言う。

「もうあなたは皇太子妃になられたから——ここだけの話、私たちはみんなあなたに結婚を申し込みたかったんだよ」

エヴリーヌはきょとんとする。

「え?」

エドモンド公は声をひそめた。

「だが王宮から厳しいお達しが来たのです。曰《いわ》く、エヴリーヌ・クレマン嬢に結婚を申し込むことは相成らんと。禁を破る者は以後、永久に王宮への出入りを禁じると」

「なんですって⁉ そんなこと、王宮の誰が?」

呆然とするエヴリーヌに、エドモンド公は粋《いき》に肩をすくめる。

「さて。お達しは王家の紋章入りだったけど、署名は無かったんです。でも私たちはそのお達しに逆らうことはできなかったという訳です」

初めて聞く話だ。あんなに社交界ではもてはやされたエヴリーヌに、結婚の申し込みが全くなかったのはこういうことだったのか。

(いったい誰が、どうしてそんなこと——)

エヴリーヌが動揺を押し隠せないでいると、ふいに貴公子たちを押し分けるようにして、黒い人影がぬっと前に進み出た。

「皇太子妃様、どうか私と一曲踊っていただけますか?」

深々と礼をしたのはフィリップだった。

さっと周囲の貴公子たちが頭を下げて、その場から引き下がる。

エヴリーヌは礼に則《のっと》って挨拶を返した。

「喜んで、殿下」

フィリップが差し出した掌に、優雅に右手を預ける。


一方その頃――。

王宮の南側の最上階にある皇太子の部屋で、リュシアンは署名が必要な書類を手に書き物机に向かっていた。

南向きの大きな窓からは、灯《あか》りが煌煌《こうこう》と点《とも》った離宮の様子が見下ろせる。優雅なダンス音楽も風に乗ってここまで聞こえてくる。

しかしリュシアンはそれに背を向けるようにして羽ペンを走らせている。

「――失礼いたします」

扉が開き、シャルロが入ってくる。手に紅茶のポットとカップが載った銀の盆を掲げている。

「遅くまでお疲れでしょう――一服なさいませ」

書き物机の端に盆を置くと、香り高い紅茶をカップに注ぐ。

「ふん――あちらはずいぶんと賑《にぎ》やかだな」

リュシアンはちらりと窓の外に目をやる。

シャルロは王家の紋章入りの白磁のカップを差し出し、さりげなく言う。

「ネリーから漏れ聞いたのですが、エヴリーヌ様のお美しさは広間中の人間を虜《とりこ》にしたようです。まるでエヴリーヌ様が今夜の主賓のようですよ」

リュシアンはカップに口を付けようとしたが、ぴたりと動きを止める。

「なに？」

シャルロは頭を下げながら言う。

「国賓のフィリップ殿下もすっかりエヴリーヌ様に魅了され、一番にダンスを申し込まれたとか」

かちゃんと音を立ててカップが受け皿に戻る。

「フィリップ殿下は、相当な艶福家《えんぷくか》という噂《うわさ》だが」

リュシアンの声は冷静だがいつもよりトーンが低い。

シャルロはひと言答える。

「御意」

ふいにリュシアンは立ち上がる。

「どちらへ、殿下？」

シャルロの問いに答えず、リュシアンは扉へ向かう。

「付いてこい」

シャルロは音もなく後へ従う。

ヴィーナスの間では、エヴリーヌがフィリップとワルツを踊っていた。

「これは——あなたはまるで羽のように軽い」

フィリップが、感に堪えたような声を出す。

「いいえ、殿下のリードがお上手ですから」

控え目に答えたが、実際はフィリップのリードは力任せで乱暴で、華奢《きやしゃ》なエヴリーヌはぶんぶん振り回されて目が回りそうだった。

「ああリュシアン殿がうらやましい。貴女《あなた》のような素晴らしい淑女を妃にするとは。あなたの髪はまるで蜜のように艶やかだ。その緑の瞳はエメラルドより輝いている。まるで初雪のような美しい肌。それになんて見事な柳腰だ。貴女ほど光輝いている女性を、私は見たことがありません」

フィリップが立て板に水のごとくまくしたてる。

「どんな男性でも貴女を見ればひと目で恋に落ちてしまうでしょう。かくいう私も、あなたの魅力にすっかり虜です」

ふいに男の手がぐっと腰を引きつける。ぴったりと身体が密着する形になり、エヴリーヌは内心狼狽《うろた》える。

「あの……」

フィリップが艶《なまめ》かしい眼差しでじっと見つめてくる。添えている手がぎゅっと握られ、相手の掌の熱さにぞっと怖気《おぞけ》がした。

「もっと早くあなたにお会いしていれば――私はなにもかもあなたに捧《ささ》げて求愛していたことでしょう」

男の荒い息が顔にかかり、顔を背けることもかなわず身を強《こわ》ばらせる。

それをいいことに、フィリップは踊りながらますます顔を近づけ、エヴリーヌの耳朶《みみたぶ》にほとんど唇が触れそうになる。

「ああ美しいお方。私の天使、私の女神――」

嫌悪で思わず突き飛ばしたくなる。だが相手は国賓の皇太子だ。リュシアンの代わりにお相手を務めているのだと、エヴリーヌは必死に自分に言い聞かす。

(早く、早く曲が終わって――どうか)

心の中で祈りながら、エヴリーヌは貼り付いたような笑顔を浮かべた。

永遠のように思われた曲がやっと終了した。

素早く身を離し一礼した。

「では――これで」

と、乱暴に腕を掴まれる。

「次の曲も。もう一曲、私のお相手をしてください」

フィリップが下心がたっぷりの笑いを浮かべる。エヴリーヌは助けを求めるように広間を見渡す。

しかし宴はたけなわ、無礼講ということもあり、誰もが陽気に酒に酔いダンスに興じ、エヴリーヌが脂汗を浮かべて怯えきっているのに気がつかない。

「わ、私――少し疲れて……」

すると我が意を得たりとばかりに、フィリップがエヴリーヌの細腰を引き寄せる。

「おおそれは偶然です。私もいささかくたびれました。二人で噴水でも鑑賞しながらワインでも飲みましょう」

そのまま園庭に向かって開いている扉へ、引きずられるように連れていかれそうになる。この皇太子と二人きりで夜の庭になど出たら、どんな無体なまねをされるか――。

恐怖に堪えきれずにエヴリーヌが悲鳴を上げそうになった瞬間、ざわざわっと広間の入り口のほうが騒がしくなった。

フィリップは何事と、動きを止める。エヴリーヌもはっとそちらへ目をやる。

「――殿下だ」

「皇太子殿下だ」

人々のささやきがさざ波のようにこちらに向かってくる。

「――リュシアン様!?」

入り口に真っ白な礼服に身を包んだリュシアンが立っていた。

軍服風の礼服で、裾の長い白地に金の飾り紐《ひも》、金糸刺繍入りのサッシュ、磨き上げられた革のブーツといういでたちは、清々《すがすが》しくも凛々《りり》しく、広間中の女性客が恍惚《こうこつ》とした溜め息をいっせいに漏らしたほどだ。

リュシアンが一度として国王主催の催し物には列席したことがないのは、貴族たちの間では周知の事実だった。それが、今夜初めて彼が現れたのだ。

「リュシアン！」

国王自身も驚きの態《てい》で、思わず玉座から腰を浮かした。

リュシアンは大股で玉座に向かってまっすぐ歩いてくる。そして階の前でさっと膝を着くと、澄んだ声で言う。

「陛下、今宵の晴れの席に遅れましたことをお詫《わ》び申し上げます」

国王は気を呑まれたような表情だ。

「——うむ。腹具合は、もう良いのか？」

「腹具合？」

「皇太子妃がそう申していた。お前の体調が悪いと」

リュシアンは晴れやかな笑顔を浮かべる。

「おかげさまで、すっかり治りました」

そう言うや否やリュシアンはすっくと立ち上がり、つかつかとエヴリーヌとフィリップに向かっていく。二人の前にたどり着いたリュシアンは、最敬礼した。

「フィリップ殿下、我が妃のお相手をしていただき誠に感謝します」

フィリップはリュシアンの輝くばかりの美貌に気圧《けお》されたように、口ごもりながら答える。

「いや――私は別に」

リュシアンは優雅にしなやかな腕を差し出した。

「皇太子妃、次の曲のお相手を願えるかな？」

エヴリーヌは胸が締め付けられるほどのせつなさでいっぱいになる。さっとその掌に自分の手を重ねる。

「もちろん、喜んで皇太子殿下」

二人はそのまま滑るように広間の中央へ出る。背後でフィリップの鋭い視線を感じるが、エヴリーヌはもはや怯《おび》えた気持ちは霧散している。

あのとき――。扉の前に立つリュシアンの姿を見たとたん、息が止まるほど嬉しかった。心臓がどきどき痛いくらい脈打ち、出来るものならそのまま彼の胸に飛び込んでいきたいくらいだった。

（この気持ちはなんだろう――ずっと探していた大事なものをやっと見つけたような、この気持ち）

エヴリーヌは微《かす》かに首を振る。その気持ちがなんであるか、あと少しでわかりそうなのに掴めない。もどかしさに心が焦れる。

王宮楽団がスローテンポの美しい曲を奏で始めた。その旋律に乗って、二人はゆったりとステップを踏み始める。

まるで絵から抜け出たような美しい二人の姿に、広間の人々は気圧されたように踊りの輪から抜け出ていく。最後には踊っているのは皇太子夫妻だけになり、誰もがうっとりとその優美なダンスに見惚《みと》れていた。

「――ふん、なかなか上手じゃないか」

リュシアンが巧みにリードしながら言う。

「当然です。私はあなたにダンスを教えるお役目をいただいたくらいですもの」

しなやかに回転してエヴリーヌが答える。

「だがあの時は一回もダンスを拝見させてもらえなかったな」

「意地悪ばかりされたんですもの、そんな気持ちにとてもなれませんでした」

少しむくれて言うと、ふっとリュシアンが微笑む。

その笑みだけで、心臓がますます高鳴り体温がぐっと上昇してしまう。

長身にぴったり合った白い礼服に身を包み、無駄のない美しい所作でダンスのリードを取る彼は、エヴリーヌが夢に描いていた恋人の姿そのものだ。その人が自分の夫となったのだ。意地悪だしからかわれてばかりいるが、今はそれすらも魅力的に思えてしまう。

なぜなら先ほど、フィリップ皇太子にさんざん美辞麗句を並べられたのに少しも心に響かな

かったからだ。

（本当に心を打つ言葉は、うわべの美しさではないのだわ）

そのことに、エヴリーヌはやっと気がついたのだ。

「今夜はまた、ひどく派手なドレスを選んだものだな」

大輪の薔薇のように裾が拡がる深紅のドレス。

「ええ、私の大好きな色です」

エヴリーヌはことさらに裾をふわりと拡げてみせる。

「そうやってくるくる回っていると——」

リュシアンが言いかけるのを、エヴリーヌが素早く引き取る。

「背中に火が着いた猿みたい、ですか？」

リュシアンが虚をつかれたように目をぱちくりする。

「いや——」

リュシアンが口ごもる。

「なんです？」

彼の白皙《はくせき》の頬が微《かす》かに赤らんだのを、エヴリーヌは見逃さない。

「——薔薇の精のようだ」

ぼそっと聞こえるか聞こえないかの声で、リュシアンがつぶやく。

「え？」

今度はエヴリーヌが目を丸くする。

「今、なんと？」

リュシアンはむっとしてステップを踏む。

「なんでもない」

エヴリーヌは滑るように足を進めながら言う。

「もう一度聞かせてください」

「聞こえなかったらいいのだ。もうすぐ曲が終わるぞ」

リュシアンが細腰に手をかけて、くるくるっと素早く回転させる。

「きゃ……」

あまりに早くて目が回りそうになる彼女の身体をさっと支え、リュシアンが顔を近づける。

至近距離で深青の瞳に見つめられ、エヴリーヌは本当にくらくらしてしまう。ぴたりと曲が終わると同時に、掠《かす》めるようなキスをされる。胸が甘く切なく締めつけられる。

広間中の人々が、二人の見事なダンスに拍手喝采した。

普段は威厳を保っている国王までもが、玉座の肘掛けを叩《たた》いて褒《ほ》め称《たた》える。文句のない美男美女のお似合いの夫婦の姿がそこにあった。

楽団に一旦休憩が入り、広間の人々は料理や酒を楽しんだり歓談したりしている。

そのざわつきに乗じて、リュシアンはエヴリーヌの手を引いてその場を抜け出した。

「リュシアン様、どちらへ？」

声をかけようとすると振り向いて唇に指を当てられる。

「しいっ、私の秘密の場所だ」

離宮の奥の廻廊《かいろう》を抜け、狭い螺旋《らせん》階段を上がっていく。程なく最上階にたどり着く。

階段を上がりきると、そこは宮殿の時計塔だった。

「まあ……きれい」

バルコニーからの見晴らしがよく、さっきまでいた離宮や広大な園庭、遥《はる》か向こうのモルブルグの街並も見える。

雲一つない空は、満天の星。

美しい眺めにエヴリーヌは言葉を忘れている。

離宮の喧騒《けんそう》も途切れ途切れにしか聞こえず、ぎしぎしと時計のねじが軋《きし》む音だけがわずかに響く。

「ここにはたまに時計職人が調整に来るだけだ。昔からの私の隠れ家だ」

背後でリュシアンがつぶやくように言う。

「ここで、お一人でなにをなさりに？」

エヴリーヌの問いに、答えはなかった。

話題を逸《そ》らすようにリュシアンは顔を近づけて言う。

「それより、さっきのフィリップ皇太子、ずいぶんと親しげに身体を押し付けて踊っていたようだが」

エヴリーヌは見られていたのかと、かっと頭に血が昇る。

「あ、あれは、違いますっ！　無理矢理……」

リュシアンはさらに挑むような目つきで睨みつける。

「なにやらさかんに口説かれていたようだし」

フィリップ皇太子の歯の浮くような賛美の数々を思い出し、頬が赤くなる。嫌悪で頬を染めたのを、リュシアンは恥じらっていると勘違いしたらしい。

「あんな気障《きざ》な男が、君は好みか？」

「そんな、ひどい……」

あのときは本当に恐ろしくてどうしようと怯《おび》えていたのに、こんな風に言われるなんてあんまりだ。

「ひどいのはどちらだ？　夫の私がいないのをいいことに、他の男の腕に抱かれてうっとり踊ったりして」

あまりの言われように悔し涙が目に浮かぶ。

「う、うっとりなんてしていません！」

せっかくリュシアンに対して少し心が開いたと思ったのに、台無しにされた気分だ。

「どうかな？　まさかこっそりキスなどしていないだろうな？」

あまりの侮辱にみるみる目に涙が浮かぶ。

「どうして――そんな意地悪ばかり……」

「意地悪か。でも君は私に意地悪されるのが好きだろう。こんなふうに――」

ふいに腰を抱えられてくるりと後ろを向かされる。

「あ――」

バルコニーの手すりに押し付けられ、背後からぐっと抱きしめられる。

「や……なにを」

身を捩《よじ》って逃れようとすると、ぎゅっと双乳を掴《つか》み上げられる。

「きゃ……」

後ろから揶うようにして乳房を揉まれる。

「だめ、こんな所でやめ……」

「こちらを向いてごらん」

言われるまま肩越しに顔をねじるように振り返ると、そのまま唇を奪われた。

「んっ……んぅっ」

たちまち舌を絡めとられ、くちゅくちゅと音を立てて擦り上げられる。

「ふ……う、う」

キスを貪る間もリュシアンの手は乳房を揉《も》み続け、服地の上から探り当てた乳首をきゅっと摘《つ》まみ上《あ》げた。

てしまう。

「んぅう、は……ぁ」

乳首を摘んだ指が小刻みに上下すると痺《しび》れるような疼《うず》きが走り、みるみる身体から力が抜けてしまう。

「は……あ、や……」

深いキスを終えた男の唇が、今度は耳朶《みみたぶ》の後ろやうなじを這《は》い回《まわ》る。

「だめ、そこ……や」

感じやすい耳朶の後ろを熱い舌先で舐《ねぶ》られると、びくんと腰が浮いてしまう。

「君の身体の弱い部分を知っているのは、私だけだ」

リュシアンは熱い吐息混じりに耳朶にささやきかけながら、凝ってきた乳首を布越しに指に挟んで揉《も》み解《ほぐ》す。

「ふ……ぁ、あ、だめ……もう、しないで……」

こんなに敏感に反応してしまう身体が恨めしい。なんとか男の腕から抜け出そうと身悶えするが、そのくねくねした動きは却《かえ》って彼の欲望を刺激するばかりだとは、エヴリーヌは気がつかない。

「しないでと言いながら、物欲しげに腰がうねっているぞ」

リュシアンは片手で乳房を弄びながら、ドレスの裾をたくし上げ太腿《ふともも》まで露《あらわ》にして、そこを撫《な》で回《まわ》す。ひんやりした掌の感触に、肌がざわついてしまう。

「ちが……そんなんじゃ……あっ」

抵抗すればするほどリュシアンの動きは性急になり、ドロワーズをぐっと引き下ろされ夜目にも白い下半身が剥《む》き出《だ》しになる。

「きゃ……だめ、いやっ」

しなやかな指が薄い茂みの中に潜り込んでくる感触にあわてて腰を引く。すると背後にぴたりと腰を押し付けていたリュシアンの硬い屹立《きつりつ》の感触が、トラウザーズ越しにもありありとわかった。びくんと身を竦《すく》ませているうちに、指は秘裂に潜り込む。

「あぅ……う」

「ほらもう濡れている。ちょっと胸を弄っただけでこんなに——」

くちゅっと淫らな音を立てて淫唇が押し開かれると、溜まっていた愛蜜がとろりと太腿を伝う。その溢れた愛蜜を指で掬《すく》い疼く媚肉をぬるぬると擦られると、下肢が蕩《とろ》けそうになり、足が崩れ折れてしまいそうになる。

「は……ぁあ、だめ……だめぇ」

濡《ぬ》れた指が秘玉を探り当て、くりくりと転がされるとじんと下腹部が痛むほど感じてしまい、思わず上半身を折るように身悶《みもだ》えると、リュシアンがくすくす笑う。

「そんな柔らかなお尻で、私を刺激しないでほしいな。それとも、誘っているの?」

悪戯《いたずら》な指から逃れようと身を捩《よじ》るたびに、尻に押し付けられているリュシアンの欲望を擦り上げてしまうのだ。

「え、や……ちがう……あぁ、そんな……」

乳首を押しつぶすように解され、感じやすい秘玉を弄られると、全身が昂《たかぶ》って抵抗する気力が失《う》せていく。しかしこんな場所で――。

眼下では広間から庭園に夜涼みに出て、そぞろ歩きしている人々もいる。もし彼らが偶然に時計台を見上げたら、もしかしたら淫らな行為をしている姿を見られてしまうかもしれない。

「だめ……リュシアン様……誰かに……見られたら……」

「かまうものか。皇太子夫妻はなんと親密だろうと、皆に知らしめるだけだ」

そう言うや否や、リュシアンはドレスの上衣の釦《ぼたん》を器用に外してしまう。

「あぁっ」

ぽろりとふくよかな乳房がこぼれ出て、外気に触れた乳首がますます硬く勃ちあがってしまう。

「やぁっ、だめぇっ」

悲鳴を上げると、さらにぴったりと身体を密着させたリュシアンが耳元で低く笑う。

「そんな大声を上げると、自分で皆に教えているようなものだよ」

「っ……」

赤面して思わず口元に拳を当てる。

「ふふ、どこまでがまんできるかな」

リュシアンはからかうように言いながら、さらに乳首を弄び、秘裂をぐちゅぐちゅと掻き回す。

「く……っ」

口から溢れそうになる喘ぎ声を、必死に噛《か》み殺《ころ》す。そうすると逃れようのない昂《たかぶ》りが全身を駆け巡り、ますます男の指の動きを鋭敏に感じてしまう。

「ああすごいよ、どんどん溢れてくる。本当はいやらしくされるのが大好きなんだね」

リュシアンが柔らかな耳朶を甘噛みしながら、さらに指を深く潜り込ませ、濡れ襞《ひだ》を擦り上げると、喜悦でぶるっと背中が震える。

「んんっ……ち……は……ぅうん」

淫らに感じてしまう自分を認めたくなくて、首をいやいやと振りながら必死に耐え忍ぶが、そんな気持ちを裏切るように媚肉がきゅうきゅう蠢《うごめ》いて男の指を締めつけてしまう。

「すごい締めつけて――本当は意地悪くされるのも、恥ずかしくされるのもいいんだろう？」

「ふぁ……あ、いやぁ……あぁ……」

エヴリーヌは声を押し殺し首を振り続ける。

「頑固だな。ここはもう洪水のようなのに――」

媚襞を押し広げるように、指がちゃぷちゃぷ愛液を弾《はじ》かせて出入りする。そんな淫らな水音を立ててしまうことが死ぬほど恥ずかしいのに、堪《たま》らないほどの愉悦が下腹部から脳芯までせり上がり、気持ち好《よ》くてたまらない。

「正直に言ってごらん。私の意地悪が大好きだって――」

リュシアンは指を蠢かせながら、剥き出しの尻にトラウザーズ越しに硬く滾《たぎ》った欲望をぐりぐりと押し付けてくる。

「ぁ、あ……あぁ、や……ぁあ」

せつない。隘路《あいろ》の奥が灼《や》け付くように燃え上がり、もっともっと満たして欲しくて、指よりもっと太く硬いものを受け入れたくて、痛むほどにうねる。

「いやぁ……いやぁよ……ぁあ、だめよぉ……」

幼い子どものような甘い鳴き声を漏らし、首を振り立てる。と、ふいに秘裂から指がするりと抜ける。

「っ……？」

はっと身を強《こわ》ばらせると、リュシアンが耳孔にふうっと艶《なまめ》かしい息を吹きかけながらささやく。

「いやなら、もう終わりにするよ」

「……あ、あ……」

ずきずきと欲望の疼きが下肢からせりあがり、苦しくてたまらない。

「いいの？　やめたい？」

リュシアンの低い声が全身を舐めるように響く。

「……ひど……い、こんな……」

エヴリーヌはぶるぶると腰を震わせる。

「素直になったら？」

背後に押し付けられている彼の欲望ははち切れんばかりなのに、声は憎らしいほどに落ち着いている。

「い、意地悪……意地悪……」

エヴリーヌは半泣きになって恨めしげに彼を睨む。するとリュシアンは自分のトラウザーズを寛《くつろ》げ、屹立した欲望を取り出すと先端を臀部《でんぶ》の割れ目に押し当てる。

「これが、欲しいの？」

「あ、あぁ……」

尻の狭間《はざま》に当たる熱くみっしりした先端の感触に、震えるほど全身が昂る。

「……リ、リュシアン……」

エヴリーヌは消え入りそうな声を出す。

「なんだい、エヴリーヌ」

青い瞳が誘うように見つめてくる。

「……欲しいの……」

口にしてしまってからあまりのはしたなさに、脳裏が真っ白になる。

「ん？　よく聞こえないな、なに？」

エヴリーヌは甘く啜《すす》り泣きながら身悶《もだ》える。

「うう……ひどい……欲しいの……あなたが……リュシアンの……その……」

もう限界だった。

両手で火が噴き出しそうになった顔を覆い、声を張り上げる。

「挿《い》入れて……あなたのが欲しいの……あなたの大きいのが欲しいの」

羞恥で気が遠くなりそうだ。

「これが？」

先端が先走りで濡れた欲望が、ほころんだ蜜口を浅くなぞる。

それだけで愉悦が脳芯まで駆け上がり、びくっと引《ひ》き攣《つ》る。

「ああそうよ、それよ……お願い、早く……っ」

焦れに焦れて、形のよい尻を振り立てて催促してしまう。

「わかったよ、いやらしいエヴリーヌ」

リュシアンは両手で双尻を掴むと大きく左右に割り開き、慎《つつ》ましく窄《すぼ》まる後孔の下のひくつく媚肉の狭間へ、漲《みなぎ》った肉棒の先を押し当てた。

「あ、あぁあああっ」

子宮口を突き破りそうな勢いで、一気に最奥まで貫かれる。

「は、ひ……あぁあ、あ」

一瞬息が止まるかと思うほどの衝撃に、エヴリーヌは仰《の》け反《ぞ》って喘ぐ。

「く――なんて熱い――そんなに欲しかった？」

根元まで突き入れたリュシアンは、柔襞の感触を楽しむかのようにしばらくじっと繋《つな》がっている。

それからおもむろに、笠《かさ》の張った先端のくびれまで引《ひ》き摺《ず》り出す。

「ふ、はぁあっ」

濡れ襞を巻き込むような喪失感に、ぞわっと全身に鳥肌が立つ。再び脈動する昂りが、ずん、と最奥まで突き立てられる。

「んんっ、はぁ、はあっ……」

飢えに飢えた膣壁を削り取られるように擦られると、たまらなく気持ち好《よ》く、もう何も考えられない。

「もう遠慮しないよ」

そう言うや否や、リュシアンはエヴリーヌの腰をしっかり抱え直すと叩《たた》き付《つ》けるように腰を穿《うが》ち始める。

「あっ……あぁ、あっ、あぁあっ」

男の律動に合わせ、はしたない声が後から後から漏れてしまう。しかしもうそれを恥ずかしがる余裕はない。

「は……あぁ、すご……い、あぁ、ぁああっ」

猛々しい肉茎の抽送に、エヴリーヌは全身を波打たせ艶かしい喘ぎ声を上げる。

「気持ち好《い》い？　これが好き？」

「これが」と言うところで、ずんとさらに深く突かれ、白い喉を反らせて身じろぎする。

「ふぁ……あ、ぁ、す、好き……」

もはやエヴリーヌには恥もてらいもなかった。欲望が満たされる悦《よろこ》びに打ち震え、リュシアンの与えてくれる快感をひたすら甘受するだけだ。

「そうか、嬉しいよ。素直な君は好ましいね」

リュシアンは息を荒がせながら、ますます抽送を早めていく。

「は、ひぁ、はぁ、あぁ、や、あぁあっ」

こんな場所でこんな獣のような格好で交わっているのに、この世のものとも思えない法悦《ほうえつ》に酔いしれている。

あまりに淫ら過ぎ、あまりにはしたない。なのにもっと欲しい。もっともっと満たして欲しい。リュシアンが欲しい。

「う、あぁあ、あ、そこ、あ、だめ……っ」

背後からエヴリーヌの手首ほどもありそうな太い屹立で、秘玉の裏側をごりごりと擦り上げられると気が遠くなるほど気持ち好く、その好さがどんどん増幅していく。

「ここが感じる？　いいよ、もっとして上げる」

嵩高い先端で、感じやすい部分がずくずくと突き上げられる。

「ひぁっ、だめ、そんなにしちゃ……あぁ、だめぇっ」

気の遠くなるような熱い快感が、止めどなく全身を駆け巡り、濡れ襞は嬉しげにきゅうきゅうと収縮を繰り返す。

「すごいね、こんなに締めつけて。ああ、いいよ、エヴリーヌ」

リュシアンが堪らないというような声を漏らし、エヴリーヌの中で灼熱の肉楔が一段と膨らむ。

「あ、あぁん、あ、すごい……あぁ、あぁぁん」

随喜の涙で目を潤ませ、唇を半開きにして赤い舌をのぞかせながら、エヴリーヌは悩ましく喘ぐ。次第に男の律動に合わせ、自ら腰を蠢かしていく。リュシアンが貫くと同時に、自分は腰を大きく背後に突き出す。そうするとさらに深々と密着し、感じ入って全身がぶるぶる痙攣《けいれん》してしまう。

「あ、あぁもう、壊れちゃう……おかしくなっちゃう……んんぅあぁ」

嬌声を上げすぎて、喉がひりひりする。

「おかしくなっていいよ、これが好きだろう？」

ずくずくと激しく突き上げられ、エヴリーヌは金髪を振り乱しながら身悶える。

「あ、好き……これが、好き……っ」

媚肉を蠢動《しゅんどう》させながら思わず口走る。

「私は？――私のことは？　――好き？」

ぐちゅぐちゅと愛蜜を弾かせながら、ふいにリュシアンが耳孔にささやく。

「あ、え？　あぁ？」

今、なんと言われたのだろう。

「正直に言ってごらん――君は私が好きだろう？」

リュシアンは腰を押し回すように打ち付けながら、片手をエヴリーヌの股間に回し、愛蜜をまぶした指で膨れた秘玉をまさぐった。

「くぅ、はぁ、あぁ、だめ、そこだめ、そんなにしちゃ……あぁっ」

怒張がもたらす重厚な愉悦に、びりびり雷に打たれたような鋭い喜悦が混じり、エヴリーヌは全身をびくつかせ涙をこぼしながらよがり泣いた。

「ほら言ってごらん——正直になるんだ」

リュシアンは腰を穿ちながら、肉芽を押しつぶすように揉んだり、指腹で小刻みに揺らしたりして、容赦なく追い込んでくる。

「あぁぁあ、あぁいやぁ、だめそんなに…………っ」

密着した二人の粘膜の間から泡立つ愛液が溢れ返り、石造りの床に淫らな水溜《みずたま》りを作る。

「言うんだ、エヴリーヌ——」

リュシアンが尻肉をわしづかみにし、深く激しく最奥まで突き上げる。

「うあぁあ、あああぁあっ」

瞼《まぶた》の裏で真っ赤な火花が燦然《さんぜん》と散る。

「わ……たし……」

衝撃的な絶頂に達し、エヴリーヌは無意識に叫んでいた。

「好き……あなたが好き……あぁ、リュシアン、あなたが好き……っ」

と、ふいにごーんと荘厳な音が頭上から響く。

時計台が午前零時の刻を打ち鳴らし始めた。

「――私のエヴリーヌ」

リュシアンはエヴリーヌの身体を背後からきつく抱きしめると、がくがくと腰を打ち付け、うねる肉壷に灼熱の精を解き放った。

「っ……あぁ、あぁぁぁっ、あぁぁぁあぁっ」

白濁の欲望を大量に放出されたエヴリーヌは、再び激しく昇り詰め、腰をのたうたせながらその場に崩れ落ちてしまいそうになる。その行き果てた身体を支えながら、リュシアンが最後の一滴まで彼女の中に注ぎ込む。

ごーん
ごーん……

時計が最後の十二番目の鐘を打ち鳴らした時には、エヴリーヌは満たされきって意識が朦朧《もうろう》となっていた。

「リュシアン……ああ、リュシアン……」

自分がうわ言のように、男の名前を何度もつぶやいていることすら気がつかない。

「――エヴリーヌ」

背後から彼女を強く抱きしめ、リュシアンはくるおしげにその耳朶《じだ》の後ろやうなじに唇を押し付ける。

やがて離宮の方から歓声が起こった。ラストワルツの曲が奏でられ始めたのだ。

まだ脈動する自身をエヴリーヌの中に収めたまま、リュシアンが彼女を抱きすくめゆっくり身体を揺らす。

「あ……ぁ……」

優しく揺さぶられると、また媚肉が収斂《しゅうれん》して男の肉胴を締めつける。

淫らなワルツ。生まれてこのかた、こんなにも淫らでこんなにも素晴らしいダンスを踊ったことはない。ほどなく曲が終わると、リュシアン自身もゆっくりと抜けていく。その排出感にすら震えがくるほど感じてしまう。

エヴリーヌは膝を折って乱れたドレスを直しながら、

「……私」

背中を向けている今なら言える、とエヴリーヌは思う。

「一人で舞踏会に出るのはとても重責で心細くて。あのとき、広間の扉の所にリュシアン様が現れたとき、本当に嬉しかったです」

トラウザーズを整えていたリュシアンがふっと動きを止める。

「それと、『我が妃《きさき》』と言ってくださったときも――」

リュシアンがわざとらしく鼻を鳴らす。

「それが事実だからな。言ってなにが悪い」

エヴリーヌは微笑みながら首を振る。今わかった。先ほどダンスの最中に、ずっと考えていた自分の気持ち。

——恋だ。

(私はこの方に恋をしてしまったのだ。このどうしようもなく意地悪であまのじゃくな皇太子に——)

そっと彼を振り返る。満天の星空を背景に月明かりの下に佇《たたず》むリュシアンは、気品に溢れ美しい影像のようで、夢の中で待ち焦がれていた恋人の姿そのものだ。

「リュシアン様」

エヴリーヌはまっすぐ彼を見つめる。思い切って自分の気持ちを言うのだ。

ふいにリュシアンが白い頬を染め、視線を反らせた。

「そんなもの欲しげな目で見ても、もう一度は無理だぞ」

「え？」

今正に愛の告白をしようとしていたエヴリーヌは、ぽかんとする。

リュシアンはぷいっと顔を横に向けたまま、言う。

「今君にすっかり吸い取られてしまった、もうひと雫《しずく》も出ない」

「な……！」

エヴリーヌは髪の毛の付け根まで血が昇ってしまう。

「もう、なんてことを——そんなつもりは毛頭ありません！」

すっかりきっかけを外され、エヴリーヌはぷんぷんする。さっと立ち上がり、リュシアンの前を素通りして時計台を降りようとすると、ぐっと手首を掴まれて引き戻される。

振り返り様にキスされ、戸惑うくらいじっと見つめられる。

「本当に君は――」

リュシアンの表情がもどかしげになる。エヴリーヌはどきんと心臓が跳ね上がり、息を呑んで彼の次の言葉を待つ。

「君は――からかいがいがある」

エヴリーヌはもはや怒りを通り越し、苦笑いする。

「わかりました、いくらでも意地悪したらいいでしょう。私だって負けませんから」

そういなして、彼の手を握り先に階段へ進む。

「もう参りましょう。皇太子と皇太子妃が二人とも不在では、舞踏会が終わりませんわ」

リュシアンは手を引かれながら、何ともいえない複雑な表情になる。

第四章　諍《いさか》いの種と真実の告白

国王主催の舞踏会以来、エヴリーヌの評判はうなぎ昇りになった。

秋に行われる予定の皇太子の結婚式は、さぞ豪華で立派なものになるだろうと国民の期待も高まっていた。

若く美しい皇太子妃は国外でも取り沙汰され、訪れる国賓は皆彼女にお目通りを申し込む。賓客のお相手も王族の重要な務めであり、エヴリーヌは毎日のようにその接待に追われるようになった。

当初は慣れない務めに緊張しっぱなしだったが、次第に要領を覚え会話も滑らかにこなせるようになった。そうなると、皇太子妃としての品格が自然と身に付いてきた。まるで生まれながらの王族であるような気品ある彼女に、周囲の評価は高まるばかりだ。

その一方で、リュシアンとの仲は今ひとつ進まない。

あの時計台の夜、思わず胸の内を吐露しようとして切っ掛けを逸してから、告白する勇気がでない。

自分がリュシアンに恋をしているのは自覚出来た。しかし彼の方はどうなのだろう。

毎夜、情熱的に抱かれ愛撫《あいぶ》されエヴリーヌの官能はみるみる開花していった。

リュシアンの昂《たかぶ》りを身体の中にいっぱいに感じながら達する時、もしかしたら自分は愛されているのかもしれない、と思う。

けれど日が昇ると、相変わらずの皮肉で意地悪な彼に戻り、淡い期待が萎《しぼ》んでしまう。ひょっとしたらリュシアンは自分の身体を楽しむためだけに結婚したのだろうか、と邪推すらしてしまう。

もうひとつの悩みは、フィリップ皇太子だ。

あのダンスの日から、母国に戻ってからも毎日のように豪華なアクセサリーだの異国の珍味だの贈り物を届けてくる。あからさまな口説き文句こそないが、添えられたメッセージには、「美しい女神様へ」とか「この世で一番麗しい皇太子妃様へ」とか、情熱的な文句が書き連ねてある。贈り物が届くたびに、リュシアンがみるみる不機嫌になり探るような眼差しで見てくるので、いたたまれない。

「どうかこのような過分な贈り物は遠慮してください」

と、何度も断りの使いを送るのだが、

「同盟国として、さらに交流を深めたい一心なのです。不要なら廃棄してくださってかまいません」

などと返事をされ、国を盾に取られては無下にも出来ずほとほと困り果てていた。

秋の結婚式に向けて、日ごとにエヴリーヌの日常は慌ただしさを増してきた。

ウエディングドレスの生地やデザイン選び仮縫い、招待する国内外の賓客のリストアップ、披露宴で給するメニューのセレクト、そして式の後、都の大通りで馬車でパレードするための打ち合わせ——等々、片付けなければならない用事は山のようにあった。

「本当は私が全て手配してもいいのだが、これからは君はこの国で皇太子妃として生きていくのだから、こういう雑務もこなせるようになりなさい」

そうリュシアンに言われたのだ。

あらためて自分の立場を自覚させられ、エヴリーヌは力を込めてうなずいた。

「はい、私精一杯やります！」

目を輝かせ頬を紅潮させて返事をする彼女に、リュシアンは眩《まぶ》しそうに目を眇《すが》める。それからふっと笑いを漏らす。

「いやそんなに鼻の穴を膨らませて力まなくてもよいのだ。スタート前の競走馬みたいだぞ」

「まあ——」

慌てて片手で鼻を隠すと、リュシアンがくすくす笑いながら手を伸ばして金髪を掻き回す。

彼は所かまわず髪をくしゃくしゃにしたがるのだ。

「取りあえずやってみるんだね。いつ音を上げて私に泣きついてくるか、見ものだな」

「音を上げたりなんかしません！」

リュシアンの手を避けながらエヴリーヌはむきになって答える。

(絶対リュシアン様には頼らないわ。私はもう皇太子妃なんですもの)


その日、侍従たちと結婚式の打ち合わせをし終えたエヴリーヌは、ひとつどうしても解決しない問題を抱えていた。

結婚式の後の、公道での馬車パレードの件だ。

馬車は国民に広くお披露目《ひろめ》するために屋根のないものが選ばれている。

その際に、天気の話が出たのだ。

「万が一雨天の場合は、屋根付き馬車でパレードをするのか、それともパレードを中止にするのか」

係の者たちの意見が割れた。エヴリーヌも迷った。

皇太子の結婚式は、ぜひとも国民にも披露し祝福してもらいたい。だが屋根付き馬車ではほとんど顔を見せる事ができず、雨の中沿道に人々に集まってもらうのも気の毒だ。しかし中止にもしたくない。

「この懸案は、もう少し考えましょう」

エヴリーヌは次回の打ち合わせまで持ち越すことにした。

しかしそもそも馬車でのパレードなどした経験の無いエヴリーヌには、いい解決策が思い浮かばない。だからといってリュシアンに相談するのも、言い切った手前はばかられた。

（そうだわ、国王にご相談しよう）

国王なら結婚式も経験なされており、何度も馬車でのパレードも行われている。きっと良いアドバイスをもらえるだろう。

普段、午後三時になると国王は自室でお茶の時間にし、休憩を取られる。

エヴリーヌは到来ものの美味しい焼き菓子を手に入れ、それをお付きのネリーに持たせ国王の休憩室へ出向いた。

国王の自室はリュシアンやエヴリーヌたちが住む南の棟のもっと奥の、別棟にある。長い廻《かい》廊《ろう》を抜けていくと、休憩室の扉の前にシャルロが佇《たたず》んでいるのが見えた。

「まあシャルロ――」

シャルロはエヴリーヌとネリーの姿に気がつくと、はっと顔色を変える。

「これは皇太子妃様――」

「あなたが待機しているということは、今リュシアン様がおいでになっているの？」

シャルロは声をひそめて答える。

「ただいまお取り込み中でございまして――」

「お取り込み？」

と、激しく言い争う声が扉の向こうから聞こえてきた。

「私の意見に逆らうというのか⁉」

国王の声だ。

普段重厚なほど落ち着いている国王が、こんな激昂《げっこう》した声を上げるのは初めて聞いた。

「そうではありません。あなたの判断にも誤りがある、と申している」

凍り付くような冷ややかな声は、リュシアンだ。

「そなたは――私より自分の方が正しいと？」

「そうですね、そうなります。我が国の織物の販売権を全てアジャーニに任せるなど、いくら利率が破格とはいえ、あまりに危ない取引です。目先の利益に囚《とら》われた偏狭な政策としか思えません」

「――もう出ていけ。初めて私の部屋に現れたと思ったら、こんな不愉快な話をするためか！」

「私だって火急の件だからこそ、来たくもないこの部屋に参上したんです」

「若輩者のひよこめが――」

「頑固な老ニワトリよりはましです。肉が堅くてスープにもなりません」

「出ていけ、と申しておる」

「――わかりました、後悔なさらないように」

ぱっと扉が開き、頬を紅潮させリュシアンが足音高く出てきた。

「あ――」

エヴリーヌが声を掛けようとするより早く、リュシアンは彼女の存在にも気がつかなかった

のか振り向きもせず歩き去ってしまう。シャルロがエヴリーヌに会釈して、急いで彼の後を追った。

エヴリーヌは事のいきさつが呑み込めず、その場に立ち尽くしていた。

「あ、あの皇太子妃様、今日はもうおいとました方が――」

ネリーが小声で促す。

「――でも」

義理の父である国王と、自分の夫である皇太子殿下が不仲なのはうすうすわかっていた。しかし、このように諍《いさか》いを目の当たりにすると、胸が切り裂かれるように痛んだ。

クレマン家では両親は共に慈しみ愛し合い、子どもたちも争うことなく仲良く暮らしていた。そこで育ったエヴリーヌにとって、実の父子の確執は放っておけなかったのだ。

思い切って扉をノックする。

「――国王、エヴリーヌでございます。入ってよろしいでしょうか？」

控え目に声をかけると、しばらくして返事があった。

「――入りなさい」

エヴリーヌはそっと扉を開く。

部屋の中は精緻な細工を施した黒檀《こくたん》の調度品で品よくまとめられていて、国王の堅実な人柄が窺われる。国王は奥の天鵞絨《ビロード》張りの椅子に、疲れたように肘掛けにもたれて座している。

「あの――私、珍しいお菓子を手に入れましたので、お茶をご一緒にと思いまして」

額に手を当てて壁の肖像画を眺めていた国王が、ふっと顔を向ける。

「そうか――ありがたい。いただくか」

エヴリーヌが合図すると、ネリーは素早く次ぎの間にお茶の仕度のために引き下がった。彼女自身は、そっと国王に近づいていく。

「――彼女が、リュシアンの母、フランソワだ」

ふいに国王が肖像画を指し示す。

ゆったりとした真っ白なドレスに身を包んだ、栗色《くりいろ》の髪と青い目の美しい女性の肖像画だ。

「お美しい方ですね――とてもリュシアン様に似ておられます」

エヴリーヌは肖像画を見上げる。

「そうだ、彼女は白百合の花のように美しかった。妃選びの席で二十歳の私は、ひと目で恋に落ちた。彼女の色を引き当てたとき、神に感謝したものだ」

国王が遠くを見つめる表情になる。

「私は彼女を心から慈《いつく》しんだ。だが、彼女はリュシアンを産むとすぐこの世から去ってしまった」

ネリーがお茶の道具を乗せた銀のワゴンを押して現れた。エヴリーヌは口に指を当ててそのワゴンを引き取り、手で下がるよう合図する。察しのよいネリーは、黙って頭を下げ次ぎの間に引き下がる。

エヴリーヌは手ずから紅茶をいれ、カップをそっと国王に差し出す。受け取った国王は馥郁《ふくいく》たる紅茶の香りに、深く息を吸う。

「私は彼女を失って、ひどく気落ちし、また後悔した。フランソワを不幸にしてしまったのかもしれない、と」

エヴリーヌは静かに側の椅子に腰を下ろした。

「なぜ、そのようなことを？」

国王は紅茶を一口すると、懺悔《ざんげ》するような沈んだ声を出す。

「王家の習わしにより玉選びの籤《くじ》で彼女を選んだのだ。彼女の意志に関係なく。いつもフランソワはどこか哀《かな》しげな顔をしていた。彼女は本当は私に嫁ぎたくはなかったのかもしれない。国の命で、仕方なく妃になったのかもしれない。私は彼女の命を縮めてしまったのかもしれない」

エヴリーヌはその血を吐くような想《おも》いに胸を打たれた。

「心からお妃様を愛しておられたのですね」

国王はため息をつく。

「リュシアン――あの子は亡き妃に瓜二《うりふた》つだ。あの子を見ると、私は妃の代わりに責められているような気持ちになってしまう。我が息子なのに、心を割って話すことがはばかられるのだ。本心ではないのに、つい憎まれ口をきいてしまう」

エヴリーヌは国王に謁見したとき、「この結婚が意にそぐわなければ、断ってもよいのだぞ」と言われたのを思い出す。

「だから私にあのようにおっしゃられたのですね」

国王はうなずく。

「あなたにフランソワの二の舞をさせたくなかった。そもそも籤引きで花嫁を選ぶなど、古く悪《あ》しき因習だ。リュシアンがあのように頑なな性格になってしまったのは、私のせいだ。互いに素直に胸を開いて話すことをしてこなかった。だから、あなたをこの婚姻で不幸にはさせたくないのだ」

エヴリーヌは白い手を伸ばし、無礼をかまわず肘掛けの上の国王の手にそっと触れた。国王はそのままにさせている。

「陛下――私は少しも不幸ではありません。私は、私は――」

エヴリーヌはその次の言葉を呑み込んだ。

この言葉は、ちゃんとリュシアンに向かって言うべきだ。

「それならば、私も嬉しい」

国王が安堵《あんど》したような顔をする。

「今日、リュシアンが私の部屋にねじ込んできたとき、私は驚きつつも嬉しかった。私と目も合わせなかった息子が、初めて私と面と向かって意見をした――それはきっと」

国王が慈愛に満ちた眼差しでエヴリーヌを見る。

「あなたの愛情のおかげだろう」

エヴリーヌは頬を染める。

「いえ――私など」

その後しばらく、二人は紅茶を嗜《たしな》みながら穏やかに世間話などかわした。

部屋を下がってから、エヴリーヌは肝心の結婚式の相談をするのを忘れたのに気がついたが、それよりなにより、国王とリュシアンの間にあるわだかまりのいきさつがわかってよかった、と思った。だからといって自分になにができるわけでもないが。

「ネリー、私少し考えごとがしたいのでお庭を歩いてくるわ」

そう言いおいて、そっと時計台の塔に向かった。あそこなら誰にも邪魔されずに考えを巡らすことができる。

螺旋《らせん》階段を上がって屋上に出てゆっくり風に当たりながら歩く。と、留め具が緩んでいたのか、かちんと音がして耳飾りが石の床に落ちた。

「あ、いけない」

拾い上げようとして腰を屈《かが》めたとき、エヴリーヌはバルコニーの下の方に悪戯《いたずら》書きがしてあるのに気がついた。長いこと雨風にさらされていたのか、なにかで引《ひ》っ掻《か》いて書いたその文字は掠れている。まだ稚拙な子どもの文字だ。指を当てて、一文字一文字読む。

「エ、ヴ、リー、ヌ」

え？　と思う。

「私の名前？」

目を凝らして続きを読む。

「僕の、だいすきな、お姫さま」

とくんと心臓が高鳴った。

最後に飾り文字のような王家のイニシャル。

「R、O……リュシアン・オーランド……」

鼓動がどんどん早くなる。

（まさか――あの時出会った私を……？）

「アマガエル姫」と、意地悪く揶揄《やゆ》した少年の顔を思い出す。

それと同時に、池に落ちた時の記憶がありありと蘇《よみがえ》った。

そうだ――あれは自分で足を滑らせて落ちたのだ。そして身を挺《てい》して助けてくれたのが、リュシアンだ。

右手に怪我《けが》を負ってまで――。

「ああ……！」

思わず声が出た。

それではリュシアンは、十歳の頃からずっとエヴリーヌを想ってくれていたというのだろうか。

あの花嫁選びで再会した時、彼は開口一番言った。

「お久しぶりだね」と。

エヴリーヌのことを忘れずにいてくれた。なのにあのあまのじゃくな皇太子は、そんなそぶ

い。

どうしよう、どうしたらいいのかわからない。わからないが、今すぐリュシアンの顔が見たい。

今でも彼はその想いを胸に秘めてくれているのだろうか。胸に熱いものがあふれてくる。

「僕の、だいすきな、お姫さま」

りを少しも見せなかった。


摘《つま》んで淑女にあるまじき早さで走っていく。

エヴリーヌはさっと立ち上がると、全速力で螺旋階段を駆け下りる。廻廊をスカートの裾を
通りすがりの臣下や侍従たちが何ごとだろうとこちらを振り返るが、気にも止めず。

リュシアンの部屋にたどりつくと、ノックと同時に扉を開ける。

庭に面した窓際で、右の掌《てのひら》を見つめながら物思いに耽《ふけ》っていたリュシアンが、驚いたように
こちらを見る。

「なんだ、いきなり無礼だぞ」

「ノックしましたもの」

華奢《きゃしゃ》な肩を上下させ息を切らしながら部屋に入ってくる姿に、リュシアンは目を丸くする。

「なにがあった？　しっぽを踏まれた猫のように走ってきて」

いつもの軽口も気にならない。

「あの……」

様々な想いが頭に去来し、上手《うま》く言葉が出て来ない。

「……右手を、見せていただけますか？」

リュシアンは眉根を微《かす》かに寄せたが、黙って右手を差し出す。

エヴリーヌは震える両手でその手を包み、そっと掌を返す。

そこには――。うっすらとだが斜めに走る長い傷跡が残っていた。

「ああ……」

エヴリーヌは胸がいっぱいになり、愛《いと》おしげにその傷跡に触れる。

「ごめんなさい――私のためにだいじな御手《おて》にこんな無惨な跡を」

リュシアンは咳払《せきばら》いをして手を引こうとする。

「何の話だ」

エヴリーヌはその手を離さず、傷跡に唇を寄せる。

「リュシアン様は命の恩人です」

彼の掌が急に熱を帯びる。しかし口調は苦笑いまじりだ。

「たかが浅い池に落ちたくらいで。君が大袈裟《おおげさ》に騒ぐから、仕方なく助け上げただけだ」

涙がぽろりとこぼれ、男の掌を濡らす。

「それでも――やはり嬉しいです」

ふいに力強く引きつけられ、広い胸に抱かれた。

「ふん、やっと私に感謝する気になったのか」

胸に顔を埋め彼の温《ぬく》もりと息づかいを感じているうちに、どうしようもなく想いがあふれてくる。そっと顔を上げると青い瞳が怖いくらいに熱くこちらを見つめている。

心臓が跳ね上がり、耳の奥でどくどくうるさいくらい鼓動を打つ。

その言葉は自然に唇からこぼれ出た。

「リュシアン様、好きです」

彼の青い目がひときわ大きく見開かれる。

「なんだと――なにを戯言《たわごと》を言っている」

声にいつもの不遜さが失《う》せている。

「本当です、私はあなたをお慕いしています」

一度口にしてしまうと、てらいなく言葉が出せた。リュシアンが嘘偽《うそ》りを探すようにエヴリーヌの瞳の中を覗き込む。

「籤《くじ》で選ばれた花嫁、でもか?」

「はい」

「昔から君は私を嫌っていたのではないか?」

「昔はそうでした。でも、今は――」

エヴリーヌはまっすぐ見つめ返す。

「すてきな恋をして結婚するのが夢でした。でも、結婚してから恋をすることもあると思うのです」

リュシアンの唇がそろそろと頬や耳朶《じだ》に触れてくる。そして耳元で艶のあるバリトンの声がささやく。

「私に恋していると?」

「はい」

「――嘘だろう」

「嘘じゃありません」

ふいに熱い舌が耳朶の後ろを舐《ねぶ》る。

「あ、きゃ……」

そこが感じやすいエヴリーヌは、びくんと身体を竦《すく》ませる。

「嘘だ」

リュシアンがぬるぬると首筋まで舌を這《は》わす。

「う、嘘では、ありませ……ん」

ぞくぞく感じてしまい、声が震える。

「嘘だと言え」

しっとりと唇を覆われる。

「ふ……んぅ……」

舌先が唇を割り、粒の揃《そろ》った前歯をなぞり口腔《こうこう》内を舐り回し最後にエヴリーヌの舌を絡めとる。

「んんっ……んっ……」

甘い口づけに、いつしか自分から夢中になって彼の舌を貪っている。

「……く……ふぁ、ん、んんぅ……」

息が詰まり目眩《めまい》がしてくる。リュシアンの舌が喉奥まで押し込まれ、さらさらした唾液が流れ込んでくる。喉を鳴らしてそれを嚥下《えんげ》する。

「……くぅ、ふぅん、んんん……」

ぬるついた舌が絡み合い、淫らな気分が昂ってくる。ちゅっと音を立てて唇を離したリュシアンが、熱っぽい目つきで見つめながらささやく。

「嘘だろう」

言いながらその手がドレスの上衣の結び紐《ひも》や釦《ぼたん》を器用に外していく。

「嘘じゃ……」

あっという間に上半身が剥《む》き出《だ》しにされ、そのままスカートのホックまで外されていく。

「や……っ」

かさばったパニエも絹のドロワーズも、全て取り払われ、一糸まとわぬ姿に身につけているものはハイヒールだけになる。

「どうだ、なにもかもさらけ出した姿にしてやったぞ。心もさらけ出せ。本当のことを言うんだ」

エヴリーヌの前に跪《ひざまず》き、細い足首を掴んでそっとハイヒールを脱がす。

「嘘では、ありません」

羞恥に白い肌が薄桃色に染まり、その姿はこの上なく艶《なまめ》かしい。

「嘘つきだ」

熱い息が足の先にかかったかと思うと、熱い口腔に親指が咥《くわ》えられてしまう。

「ひ……や、だめ、そんなこと……っ」

思わず足を引こうとすると、ぐっと足首を引かれ足指の一本一本を含まれ舐《な》め回される。

「く、くすぐ……ったい……ぁ」

くすぐったさに背中が震えるが、そこになぜか甘い愉悦が混じる。リュシアンは、足の甲から踝《くるぶし》、踵《かかと》とゆっくり舌を這わせてくる。

「は、やぁ、だめ、そんなこと……」

跪《ひざまず》いている男の頭を押しやろうとするが、手に少しも力が入らない。

ぬるつく舌がふくらはぎ、膝、太腿《ふともも》とじわじわ這《は》い上《あが》ってくる。熱い舌の感触に、身体が淫猥《いんわい》に昂《たかぶ》ってくる。太腿の狭間《はざま》までたどり着くと、リュシアンが顔を上げる。

「嘘か？」

エヴリーヌはふるふる首を振る。

「い……いえ」

するとリュシアンはもう片方の足首を掴《つか》み、そちらも丁重に舐め始める。繊細な舌先がくすぐり足指の間をなぞると、むずむずするような喜悦が下腹部に走り、甘いため息が漏れてしまう。

「んふぅ……あぁ、やぁ、あ……」

自分の身体が自分のものでないようだ。

リュシアンに弄ばれると、爪先から髪の一本一本まで感じやすい淫らな器官に成り替わってしまう。足指を口に含まれるなどとあり得ない行為をされているのに、少しも嫌悪感がわかない。逆に喜悦に身悶えてしまう。喘ぎながら頭の中で、もしこの行為をフィリップ皇太子にされたらどうだろうと思う。考えただけで、身の毛がよだつほど忌まわしい。

（リュシアン様だから――好きだから、なにをされても嬉しいんだ）

やっとそれがわかった。

再び股間まで舐め上げたリュシアンがかすかに紅潮した顔で言う。

「どうだ？」

エヴリーヌは甘美な愉悦に震えながら答える。

「好き……」

するとリュシアンは、やにわに柔らかな太腿をきつく吸い上げる。

「痛……っ」

ちゅっちゅっと音を立てて真っ白な太腿に口づけ赤い花びらが散る。その刺激と秘部にかかる彼の熱い息に、腰がびくびく跳ねてしまう。

「あ、ぁ、だめ……」

「ふん、強情だな……こうしてやる」

リュシアンが熱のこもった声を出し、両脚を大きく開かせる。

「あ、や……」

ぱっくりと媚肉が剥き出しになり、エヴリーヌは羞恥に身を捩《よじ》る。秘裂を男の鼻息がくすぐり、それにすら感じてしまう。

「ここはもう男を誘ういやらしい香りをぷんぷんさせている」

ちろりと赤い舌が伸ばされ、震える淫唇をなぞるとひくんと隘《あい》路《ろ》が蠢く。

「んぅ、は、やぁ……っ」

白い喉を反らせて喘ぐと、続けて敏感な秘玉が口腔に吸い込まれる。熱い舌腹が、包皮から頭をもたげた花芽をこそぐように舐める。

「はぁっ、あ、あぁっ」

熱いフライパンの上のバターのように、腰が蕩《とろ》けてしまいそうなほど感じてしまい、悲鳴のような嬌声《きょうせい》が漏れる。

「あ、だめ、そんなにしちゃ……はぁ、ぁあん」

ひりつく秘玉をちゅぷちゅぷ音を立てて舐めしゃぶられ、全身に痺《しび》れるような愉悦が駆け巡り腰が淫らに揺れてしまう。

「こうされるとつらいだろう？　そら、そろそろ本音を吐いたらどうだ？」

口元を淫靡《いんび》に濡れ光らせ、リュシアンが窺うような目つきで見上げる。

「ふ、ぅ、あぁ……あ、ぁあ」

じんじん耐え難いほど媚肉が疼《うず》き、エヴリーヌは喘ぎながら首を振ることしかできない。

「意地っ張りだな」

リュシアンは顔を離し、全身をうっすら桃色に染めて汗ばむ彼女をじっと見つめる。

「あ……ぁ、リ、リュシアン……このまま、じゃ……」

昂った身体が疼き、隘路がもの欲しげにひくつく。

「嘘じゃない証拠を見せて欲しいな」

腰に響くような甘いバリトンの声。

「し……証拠？」

「自分で感じるところを、触って見せて」

「自分で……？」

恥ずかしさにかあっと頭に血が昇る。

「そ、そんなこと、できません……」

リュシアンが微かに首を振る。

「やはり嘘なんだ。私が好きなら、言う通りにできるはずだ」

エヴリーヌは耳朶まで真っ赤に染めて、消え入りそうな声で言う。

「ぁあ、い、言う通りにする、から……」

自分の恥ずかしい箇所など、触れた事もない。しかしリュシアンに信じてもらうためだと自分を鼓舞し、震える指を下腹部に下ろしていく。

「あ……あぁ、いや……」

薄い茂みをそろそろと指で探るが、それ以上怖くてできそうにない。

「ちゃんと見えるように開いて」

リュシアンの命令通りに、おそるおそる指で秘所を押し広げる。くちゅりと淫らな音がして、開いた秘裂に外気を感じる。

「ああいやらしく濡れ光ってひくひくしているよ。指で中を弄ってごらん」

さらに言い募られ、開ききった媚裂に指を這わせる。ぬるっとした感触に、びくんと腰が浮く。

「あっ、はぁっ……」

ぬるぬると指を滑らすと、たまらなく気持ち好《よ》くなってくる。

「そうそう、上手だ。自分で感じるように弄るんだよ」

「あ、く……こんな、こと……ぁぁ」

恥ずかしいのにリュシアンに見られていると思うと、いくらでも愛蜜が溢れてきて指の滑りがどんどんよくなる。その愛蜜を塗り込めるように媚襞を上下に擦っていると、ますます愉悦が高まってくる。

「はぁ……恥ずかし……のに、あぁ、あぁぁん」

膨らんだ淫唇を撫でているだけでも気持ち好く、腰がくねってしまう。

「ほら、君の可愛《かわい》いお豆が触って欲しいってぴくぴくしてる」

「お、豆……？」

戸惑っているとリュシアンの手が伸びて、濡《ぬ》れた指を持ち上げ尿道の上の方に誘導する。

「ここだよ。君が一番感じる秘密のお豆」

「こ、こ？　……あ、はぁっ、ああっ」

指先にころっと触れた小さな突起を撫でたとたん、びりびりと脳芯まで激しい喜悦が走る。

「……んぅ、は、はぁっ……」

いつもリュシアンに弄《いじ》られて身も世もあらぬほど悶えてしまう部分は、これだったのか。本能のままにぬるぬると指先で秘玉を転がすと、そこはいっそう膨れ極上の快楽をもたらす。

「はぁっ、あ、あ、だめ……どうしよう、あぁ、はぁっ」

愉悦に腰を揺らめかせながら喘ぐ。

「ああ可愛い乳首も真っ赤に立ち上がってきた。胸も自分で弄るんだ」

「ああ、はい……」

喜悦に酔いしれたエヴリーヌは、言われるままに片手で乳房に触れ、指をめり込ませるように揉《も》みしだく。指先が尖《とが》った乳首に触れると、じくんと甘く痺れ、それが堪《たま》らず何度もそこを扱いてしまう。

「あ、あぁん、いやぁ、ああん……感じちゃう……」

「素敵だ。ぞっとするくらい卑猥《ひわい》で綺麗だよ」

目の前で繰り広げられるエヴリーヌの自慰に、リュシアンが興奮を押し殺したような声で言う。そしてすらりと開いた素足に、何度も口づける。

「んぅ、はぁ、くぅ、んんぅうん」

頭の中が沸騰したように滾《たぎ》り、もはやなにも考えられない。夢中になって指戯《しぎ》に耽《ふけ》っていると、また声をかけられる。

「すごいね、漏らしたみたいに愛液が溢れて。ほら、指を挿《い》れてみて」

「ふぁ、あ、こ、こう？」

淫らに震える淫裂の狭間に、くちゅりと指を押し入れてみる。

「あ、あぁあぁん」

ぞくんと感じてしまい、息を凝らす。蠢く熱い媚肉が、自分の指に絡み付く。

「そう、もう一本増やしてごらん」

「あ、や……そんな、あぁあっ」

指を増やすときゅんと隘路が収縮し、指を締めつけるたびに愉悦が湧き上がる。

「ああ真っ赤にひくひくした花びらに君の白い指が呑み込まれて――とてもいやらしい」

「んぁ、あ、言わないで……そんなこと……あぁ、あぁぁん」

恥ずかしくてたまらないのに、手を止めることができない。

凝った乳首を指で転がし、熱くうねる膣襞にぬちゅぬちゅと指を抜き差しし、膨れた秘玉を捏《こ》ねるたびに腰が愉悦でびくびく痙攣《けいれん》する。気持ち好くてたまらない。それなのに、隘路の奥がもっと飢えて痛むほどに疼く。

「く……は、はぁ、も、もう、いい？　お願い……もう……」

達しそうで達しないもどかしさに、エヴリーヌは切なく潤んだ瞳でリュシアンに許しを請う。

「まだ納得できないな」

リュシアンが首を振る。

「え？　あぁ、あ、どうすれば……？」

リュシアンに自分の真心をわかってもらうためには、なんでもするつもりだった。

「ん――じゃあ、そこにしゃがんでごらん」

言われるまま全裸で膝を折る。

「あ、指は動かしたままだよ」

「は、はい……」

膝を付いて股を拡げ、指で陰部を掻き回す。

「よし、いい子だ」

おもむろにリュシアンがトラウザーズを寛《くつろ》げる。ぬっと猛々《たけだけ》しい屹立《きつりつ》が現れ、それを見ただけでぞくんと背中が震える。

「指で弄《いじ》りながら、私を舐めて」

「えっ？」

エヴリーヌは目を見開く。

「口でしてくれる？」

羞恥に目に涙が浮かぶ。

そんな淫らな行為ができるはずがない。

戸惑ってうつむくと、リュシアンが少し哀《かな》しそうに言う。

「やっぱり、嘘《うそ》なんだな――君が私を好きになるはずがないもの」

「そんな……し、します……」

意を決して、そろそろと顔を男の股間に寄せる。艶《なまめ》かしい欲情した男の匂いがする。

その香りを鼻腔《びこう》いっぱいに吸い込むと、淫らな疼きが下肢からせり上がってくる。

先走りの雫《しずく》を溜《た》めた肉棒の先端に、そっと柔らかな唇を押し当てる。

「ん……」

おずおずと舌を差し伸べ、笠《かさ》の開いた亀頭を舐る。えも言われぬ芳香と苦いような酸っぱいような味。

「んん、ふ、ん……」

亀頭のくびれを何度も舌でなぞっているとリュシアンが、欲望で掠《かす》れた声を出す。

「うん――上手だ。先端を口に含んでみて」

「う、あぁ、こ、こう？」

硬い亀頭を、ぱくりと口腔《こうこう》に咥《くわ》え込む。大きい。口いっぱいに肉棒を頬張《ほおば》る形になり、羞恥心で頭がくらくらする。

「そう、いいよ。歯を立てないように頭を上下に動かして」

「ふ……んぅ、んんっ」

言われるままゆっくりと頭を振り立てる。

「ぐ……んぁ、ふぅ、んんっ」

エヴリーヌの慎ましい口唇で巨大な屹立を呑《の》み込《こ》むのは、かなり困難だった。まだ半分も呑み込まないうちに、膨れた先端が喉奥を突つきえずきそうになる。

「無理しないで、舌を押し付けるようにしゃぶって」

「はぁ、んぅ、んんぅ、はぅん……」

唾液を肉胴にまぶすようすると少し滑りが良くなり、呑み込みやすくなった。

「あぁ、ふぁん、んぁんん……」

自分の唾液と先走りが唇の端から溢れ、喉元まで淫らに濡らす。太い血管が走る肉茎が、口の中でいちだんと暈《かさ》を増してくる。硬い亀頭が熱い舌の上を擦っていくと、身体が昂《たかぶ》り媚壁がじんじん疼く。

「ほら、手がおろそかになってるよ、ちゃんと動かして」

リュシアンに指摘され、あわてて秘裂を指で掻き回す。するとそこがさらにぐっしょり濡れそぼっているのに気がつく。淫らな口腔愛撫《あいぶ》で自分が感じていたことを知り、あまりの恥辱に気が遠くなりそうだ。もうなにも考えたくなくて、夢中になって頭を振り立て、指を蠢かす。

「は、ふぁん、んんぅ、く……ふぅん」

硬く隆起した肉棒を紅唇で扱き、脈動する肉胴に舌を這《は》わせる。

「ああ――いいぞ。すばらしい」

頭の上で陶酔した声がする。

リュシアンが気持ち好く感じている。

嬉しくて胸の奥がきゅんとなる。

「んっ……く、ふぅん、んんんぅっ」

夢中になって口腔愛撫に耽《ふけ》る。

始めはとうていこんな卑猥な行為はできないと思っていたのに、リュシアンが感じいってているると思うと、ごく自然に受け入れている。思えば彼は、いつも自分の身体の隅々まで舌で愛撫してくれているではないか。そのお返しだと思えば、気持ちも不思議に高揚してくる。

「綺麗だ――この上なくいやらしくて美しい天使――」

法悦に酩酊《めいてい》する頭に、ぼんやりリュシアンの声が響く。

「ふ……はぁう、んんぅ、んんっ……」

膨れ上がった亀頭を吸い上げ、口蓋で太竿を扱き上げる。自分を弄る指も次第に大胆になり、蠢動《しゅんどう》する膣壁を押し込むように指を突き入れると、激しい快感に腰がぶるぶる震える。

「は――エヴリーヌ」

しなやかな両手が頭に降り、豊かな金髪を掻き回す。いつもは髪を乱されるのがあんなに嫌なのに、今はその手にすら感じ入って興奮がいや増す。

「も――う」

ふいに彼がエヴリーヌの頬に手を添え、強く腰を打ち付けてきた。

「ん……ぐぅ、う、んんぅ、うぁう……」

ずんずんと喉奥を何度も突かれ、息が詰まってくぐもった悲鳴を上げる。

「ぐ……ううっ……は、はぁっ」

窒息しそうな勢いに、目の前が真っ白になる。

突然リュシアンがびくんと胴震いする。熱く滾《たぎ》った白濁がどくどくと喉奥に放出される。

「……くぅ、う、ふ……ふぅ」

口腔に青臭く大量の液が溢れ、思わず喉をこくりと鳴らして嚥下《えんげ》する。

「──っ」

大量の精を放ったリュシアンが、ずるりと萎えた肉茎を引《ひ》き摺《ず》り出《だ》す。

「……んぅ、あ、あぁあふぁん……」

喉に粘つく欲望を嚥下しながら、エヴリーヌもまた愉悦の高みに達する。

「……は、はぁ……はぁあ……」

細い肩を震わせながら息を継ぐ。まだ口腔内に苦味の強い男の味が残っている。

決して美味とは言えないそれを飲み下したことで、なにか誇らしい気持ちになる。

「──これで、信じていただけましたか？」

艶《なま》めかしい表情でリュシアンを見上げると、彼は惚《ほう》けたようにこちらを見下ろしている。

はっと我に返った彼は、咳払《せきばら》いしながら睨《にら》んでくる。

「ふん――そんな媚びるような目つきで私をごまかそうとしても無駄だ」

「そ、そんなつもりは……」

目を丸くして瞬《まばた》きすると、彼はますます怒ったような表情になる。

「だから――その顔がいかんと言っているのだ」

エヴリーヌは訳が分からずきょとんとする。

ふいに腕を掴まれ身体を起こされ、彼の胸にきつく抱かれる。

「私は信じないぞ、必ず君の嘘を見破ってやる」

「だから、嘘では――」

言い終わらないうちに、股間になにかみっしりと熱いものが押し付けられる。

「あ？」

びくりと腰を引こうとすると、背中に腕を回され乱暴に引きつけられる。

「見ろ、また勃《た》ってしまった。君のせいだ」

「そ、そんな――」

理不尽な、と言おうとする前にくちゅくちゅと勃起した先端で蜜口を突つかれた。

「あっ……だめ」

エヴリーヌの背中が窓際に押し付けられる。

「責任を取ってもらうぞ」

リュシアンが片脚を抱えて大きく足を開かせる。

「え、や、もう……あぁっ」

怯《ひる》む間もなく、隆起した先端が蜜口の浅瀬に侵入する。

「熱い——本当はここに私が欲しかったのだろう?」

くちゅくちゅと粘ついた音を立てて、先端が媚肉を掻き回す。

「は、やぁ、ちが……う」

否定しても、ほぼ元通りの硬さに復活した亀頭で火照った蜜口を攪拌《かくはん》され、ひりつく秘玉を擦《こす》られるともう拒めない。

「あ、ぁあ、リュシアン……様」

隘路《あいろ》が欲しくて飢えて、じんじん疼く。焦らすように何度も先端だけで抜き差しを繰り返される。緩い快感の波に、身体が次第にもどかし気に燃え上がってくる。

「あ、んぁ、あ、お願い……そんな、意地悪しないで……」

つい物欲しげに腰をくねらせてしまう。耳元でリュシアンが嬉しそうにささやく。

「言ったろう。私は意地悪なんだ」

「あん、も、意地悪、ひどい……あぁ……」

首をふるふる振りながら腰を誘うように突き出してしまう。

「でも君は、この意地悪が、好きなんだろう?」

エヴリーヌは口惜しさに目元まで血を昇らせる。しかしもはや欲望の飢えは耐え難《がた》く、つい媚びるような声を出してしまう。

「――好き……意地悪なあなたが……好き」

そのとたん不意打ちのようにずん、と最奥まで太竿が侵入した。

「ひっ……はぁああっ」

一瞬で達してしまい、身体を弓なりに反らして猥《みだ》りがましい悲鳴を上げる。

「あ、ぁああ、あぁっ」

あまりの喜悦にびくんびくんと腰を痙攣させると、リュシアンが深い息をつく。

「ふ――千切られそうだ」

エヴリーヌの足を抱えなおすと、そのまま叩《たた》き付《つ》けるように腰を穿ってくる。

「は、あぁ、はぁっ、あぁあっ」

感じすぎて腰から崩れてしまいそうで、リュシアンの首に両手を巻き付け必死になって縋《すが》り付く。

「んんっ……あぁ、深い……の、あぁ、壊れ……んぁあっ」

がくがくと激しく揺さぶられながら、湧き上がる愉悦に身を任せる。

「私が好きか？」

高速で腰を穿《うが》ちながら、耳元でリュシアンが荒い息の間から言う。

「あ、は、す、好き、好き……っ」

熱に浮かされたように喘ぐ。

「私が？　それともこれが？」

ひときわ強烈に突き上げられ、エヴリーヌはひっと息を呑《の》む。

「……あぁ、あ、両方……どっちも、好き……っ」

なんの逡巡《しゅんじゅん》もなく、本心を叫ぶ。

「嘘付け」

逞《たくま》しく脈動する雄茎が、うねる媚襞を激しく突き上げ、ぐちゅぐちゅと掻き回す。

「嘘、じゃ、ない……あぁ、あ、好きだもの……好き……」

喜悦に霞む意識の中で、エヴリーヌは叫び身悶《みもだ》える。

「まだ言うのか」

笠の張った亀頭が、一番感じやすい膣壁の部分をごりごりと擦る。

「ひあぁあっ、あ、すご……んぅ、んっ、やぁあっ」

瞼《まぶた》の裏が法悦の炎で真っ赤に染まっていく。

「いいぞ——好きなだけ嘘をつくがいい、そら——」

リュシアンががむしゃらに腰を振り立てる。

「はぁあ、あ、や、も、しないで、も、だめ……っ」

これ以上おかしくされたら、乱心してしまうかもしれない。金髪を振り乱して半泣きで勘弁してくれと訴える。するとリュシアンは、知的な額に汗の玉を浮かべながらにやりとする。

「わかってる——君は嘘つきだから、本当は逆なんだって」

そう言うや否や、渾身《こんしん》の力を込めてぐいぐい子宮口まで突き上げる。

「な、やぁっ、ちがう……そんな、あ、だめ、だめぇ、だめなのぉ」

あまりの激しい抽送に、太い雁首が引き摺り出されるたびに、接合部分から泡立った愛蜜がごぽりと溢れて二人の股間をしとどに濡らす。

「い……やぁ、も、許し……ぁああ、はぁあぁん、あぁあっ」

がくがくと全身をのたうたせながら、エヴリーヌは法悦に甘く啜《すす》り泣く。

「許すもんか──私をこんなにさせた罰だ──一生許さない」

激しい息づかいの間から、彼が熱い呻《うめ》き声《ごえ》を漏らす。

「あぁ、あぁあん……あん、はぁあん」

もはや言葉をまともに発することもできなかった。ただただめくるめく快感に翻弄され、獣のように欲望に喘ぐ。

「一生──」

リュシアンが縦横無尽に腰を打ち付けながら、半開きの唇を奪ってくる。

「んぅ、んんぅ、ん、はぁあっ……」

疼く舌をきつく吸い上げられ、ますます頭が朦朧《もうろう》とする。息も声も気持ちも何もかも奪われてしまう。

ひときわ激しい絶頂が襲ってくる。

「あ、ふぁあん、んんんんぅ、んんぁぁぁあああぁっ」

爪先までぎゅっと硬直する。達したとたん激しくいきみ、膣襞が怒張をぎゅっと締めつける。

「——っ」

エヴリーヌが達したのとほぼ同時に、リュシアンも最奥で激烈に弾ける。

「……は、はっ、はぁ……あ」

断続的に熱い飛沫《しぶき》が身体の奥に浴びせられ、火照った淫襞がそれをことごとく受け入れていく。

「……ふ、ふぅ……は……ぁ」

ぐったりと弛緩《しかん》した身体から、どっと生汗が噴き出す。力つきた身体を、リュシアンがしっかりと抱きとめてくれる。彼の腕の温《ぬく》もりが嬉しく、身も心も満たされる。

「……私、本当に……」

絶頂の余韻に潤む瞳でおずおず見上げると、彼の目は優しげに眇められる。

「わかっている」

エヴリーヌの胸に泣きたいほどの幸福感が満ちてくる。しかしその気持ちは、すぐにリュシアンの次の言葉で台無しになる。

「嘘をついているということが、本当だというのだろう？」

「っ——もうっ」

なんというあまのじゃくな皇太子だろう。いっそ、あの時計塔の落書きの件を問いつめてみようかと考える。だがそれは彼のプライドを傷付けることになりはしないか、と躊躇《ためら》われた。

そのとき、唐突に思い出したことがあった。

「そうだ、私——」

「ん？　何だ」

顔を覗《のぞ》き込んでくる青い瞳を見つめると心が優しく満たされ、素直になろうと思う。

「あの、私、結婚式のことで、わからないことがあるんです。相談してもいいですか？」

リュシアンは面白そうにうなずく。

「私に泣きつかないはずではないのか？」

エヴリーヌは少ししゃくだと思いつつも、首を振る。

「でも、私たち二人のことですから」

断られるかと思いきや、彼は鷹揚《おうよう》にうなずく。

「そうだな。で、なんだ」

結婚式後の馬車でのパレードの件を話した。

「——どのようにしたらいいでしょう」

するとリュシアンはにっこり笑ってこともなげに言う。

「なんだ、簡単なことだ。天気がよければ当日パレードを行い、天気が悪ければパレードだけ後日、天気のいい日に行えばいい。そうすれば私たちのお披露目《ひろめ》をたくさんの国民に祝ってもらえるだろう」

「ああ、そうすればよいのですね！」

エヴリーヌは目を輝かせる。やはりこのお方はすぐれた皇太子だ、と思う。にこにこしながらじっと見つめると、リュシアンが頬《ほお》を微《かす》かに染めて目をしばたいた。

「そういう顔をするなと言ったろう」

「え？」

と、まだ繋《つな》がったままだった男根が再び膨張してくるのを感じ、びくんと腰を浮かす。

「まったく、君は罪作りだな。終わらないではないか」

リュシアンがからかうように笑う。

「わ、私のせいだと？」

反論しようとすると、細腰を抱えて揺さぶり上げられる。

「他に誰の？」

「あ、や、あぁ……っ」

達したばかりの熱い身体に、再びちろちろと情欲の炎が燃えてくる。

「君のせいだ。認めたまえ」

ずんと深く突き上げられ、エヴリーヌは気が遠くなる。

「はい……あ、はぁあん」

湧き上がる快感に、すべてはどうでもよくなってしまう。

（もういいわ――好きになってしまった私の負けだ）

エヴリーヌは愛《いと》おしげにリュシアンを見つめ、自ら唇を重ねていく。

その日、すれ違っていた二人の心が少し近づいた。

リュシアンの態度は相変わらずで、かえって軽口や意地悪な行動が増えたくらいだ。

しかしエヴリーヌがそれにいちいち傷つくようなことはなくなった。

好きな人にかまわれるのは、どんなことでも嬉しい。

どんなにからかわれようと言い返したり笑って受け止めるようになった彼女に、

「まったく君は頭の足りない愛玩犬のようだな」

などと憎まれ口をたたきながらも、リュシアンの口調はまんざらでもなさそうなのであった。

第五章　略奪された愛と再びの夜

「フィリップ皇太子からの招待状が来た。両国の友好を深めるため、王族で豪華船で川下りを楽しまないか、ということだ」

「船遊びですって？　楽しそう！」

それは夏の終わりのとある朝食の席でのことだ。

エヴリーヌはカフェオレのカップから顔を上げた。正面の席でロールパンにバターを塗りながら、リュシアンが面白くもなさそうにうなずく。

最近は二人は差し向かいで食事を摂《と》るようになっていた。

オーランド国とアジャーニ国の間には大きな河川が流れている。船での交易も盛んで、船着き場も多い。河川の上流にオーランド、下流にアジャーニが位置している。

川をさかのぼって船を寄越《よこ》すので、そのまま川下りをしながらアジャーニ国で歓待をしたい、というのがフィリップ皇太子の意向だ。

船旅というものをしたことがないエヴリーヌは心魅《ひ》かれたが、相手が粘着質のフィリップ皇太子というのは二の足を踏む。

「あの――リュシアン様もご一緒ですよね?」

おずおずと尋ねると、彼は当然とばかりにうなずく。

「当たり前だ。この機会に、私はあちらと話したい事案がいくつかあるしな」

ほっとしてカフェオレを一口含むと、ふいにリュシアンが顔を近づけ、にやりとした。

「泳ぎのできないカエルの女王様は、水の上は苦手なのかな?」

エヴリーヌはむっとして言い返す。

「苦手なのは水の中だけです!」

くくっと含み笑いされる。さっと頭に伸びてきた男の手を身体を捩って交わす。

「お?」

リュシアンがやるな、という目をする。このごろではエヴリーヌも、彼の悪ふざけのタイミングが呑み込めてきた。さらに触れようとする手を避けながら、続ける。

「それに――もし私が水に落ちても、また助けてくださるでしょう?」

「さて、どうかな。泳ぎを覚えるよいチャンスかもしれんぞ」

「わ、私が泳ぐ機会など一生ありませんから!」

髪を乱されたくなくて相手の手の動きに気を取られていると、いきなり唇を奪われる。

「んっ……ん」

柔らかな唇が強く押し付けられ、舌が強引に侵入してくる。口腔《こうこう》にバターの香りと味が拡がる。

「んふ……ふ」

舌を絡めとられ、溢《あふ》れる唾液を啜り上げられる。

「や……だめ……んぅ」

朝食の席でなんてはしたない——と思いつつ、彼の巧みな舌の動きに頭が甘く痺《しび》れてしまう。

思わずうっとり目を閉じてしまうと、ちゅっと音を立てて唇が離れる。

「あ？」

と思った時には、リュシアンの右手がくしゃくしゃっと金髪を掻き回した。

「はい、残念。私の勝ちだな」

そう言って立ち上がったリュシアンに、かっと頬が上気する。

「もうっ！　ずるいわ」

「私と渡り合うには、まだまだ修行が足りないな。では、アジャーニには了解の連絡を入れておく」

リュシアンが笑いながら食堂を出て行く。

「もう、本当にお人が悪い……」

ぶつぶついいながら髪を撫で付けるが、口元には笑いが浮いてしまう。

オーランドからの快諾を受け、早速アジャーニから王室御用達《ごようたし》の客船が川を遡ってきた。

リュシアンと一緒に船着き場で船を出迎えたエヴリーヌは、生まれて初めて見る豪華な客船に目を見張る。

全体が真っ白に塗られた二階建ての客船は、船首にはアジャーニの象徴である鷲を象《かたど》った見事な彫像が飾られ、帆はアジャーニの国色の青と赤のストライプ、船員たちも同色のストライプ柄の制服を着込み、目にも鮮やかだ。

船着き場に降り立ったフィリップも、真っ青なジュストコートに深紅のネッカチーフという派手な服装で現れた。いかにもアジャーニの国力を誇示するかのような演出だ。

かたや出迎えたリュシアンは、すっきりしたデザインの薄いグレイの礼服で、フィリップ皇太子に競べるといかにも地味に見える。

「よくおいで下さった。ご招待、感謝いたします」

「いやいや、この日を楽しみにしておりました」

二人の皇太子は友好的に握手を交わす。

二人が並び立つと、物憂げな美貌にすらりと手足の長いリュシアンには仕立ての良い天鵞絨《ビロード》の礼服がぴったりと似合い、飾り立てたフィリップ皇太子が引き立て役になるほどだった。

一歩後ろで出迎えたエヴリーヌは、内心うっとりとリュシアンに見惚《ほ》れていた。

(ああして堂々とお立ちになっていると、本当にご立派だわ)

握手をし終えたフィリップは、エヴリーヌにあからさまな視線を送る。

今日のエヴリーヌは、若草色のドレス姿だ。白い肌がくっきり映え、正に萌《も》え上がる若葉のように瑞々しく美しい。

「これは、皇太子妃様、お久しぶりでございます」

さっと前に進み出たフィリップに、礼儀正しく片手を差し出す。

「ようこそ、お招き嬉しゅうございます」

フィリップはぎゅっと彼女の手を握り、分厚い唇を押し付ける。

「ずっと再会出来る日を夢見ておりました。あなたの神々しくも美しいお姿を、夢にまでみておりました。私の美の女神様」

賛辞を繰り返しなかなか手をはなそうとしないフィリップに、辟易する。

「では、ご自慢の船内を拝見させていただきましょうか？」

すっとリュシアンが二人の間に割り込むように入ってくる。エヴリーヌは素早く手を引いた。

フィリップは一瞬、顔をしかめたが、すぐに満面の笑みになる。

「それはもう。さ、お二人とも足元に気をつけて、我が自慢の船へどうぞ」

フィリップが先に立って案内する。

船着き場に設置した船への渡り階段を昇るとき、リュシアンがさりげなく手を差し出した。

頬を赤らめながらも嬉しそうに手を差し出すエヴリーヌの様子を、先に乗船したフィリップが密《ひそ》かに燃えるような目で見つめている。

フィリップが自慢するだけあって、船内はそれは手の込んだ豪華な作りになっていた。

客室はどこの一流ホテルにも引けをとらないくらい広々と清潔で、楽団付きの食堂、酒や煙草を嗜むラウンジ、娯楽室、立派なバスルームまで完備されている。

「これは素晴らしい。アジャーニの造船技術は、我が国が手本にしたい技術のひとつです」

リュシアンは感嘆しながらそつなく同盟国を立てることを忘れない。

フィリップはご満悦である。一番広い貴賓室に二人を案内する。

「出航は明日朝十時頃を予定しております。それまでお二方は、客室でごゆるりとなさってください。晩餐《ばんさん》は午後六時からご案内します。うちの侍従たちに何でもご命令くださってかまいませんので」

フィリップの言葉にリュシアンは丁重に返す。

「恐れ入ります。しかしながら私どもも馴染みの侍従たちを同伴しておりますので、どうぞお気遣いなく」

気心の知れたシャルロやネリーも共に乗船しているのだ。

フィリップが部屋を出て行くと、リュシアンは腕組みをしてまじまじと部屋の中を見渡す。

「お世辞でなく、造船技術は学びたいものだな。我が国の織物業の技術と交換に学び合うのもよいかもしれない」

リュシアンがこのように政事に頭が向いている時は、エヴリーヌは決して邪魔をしないようにしている。そっと椅子から立ち上がると、次の間にある浴室をのぞいてみる。

金張りの浴槽とこれも金張りの洗面台が、目を射るほどに磨き上げられている。

かしこまった正装をしていたので、ネリーを呼んで少し楽なドレスに着替えようかと浴室を出ようとすると、戸口にリュシアンがぬっと立っていたのでどきりとした。

「まあ、浴室をお使いいならら声をかけてくださればいいのに」

リュシアンがむすっと言う。

「それはこちらの台詞だ。浴室に行くなら行くと、声をかけていけ。どこに消えたかと思ったぞ」

エヴリーヌは少し呆れる。

「どこにって、私がどこに行くわけもないでしょう」

リュシアンの頬がかすかに上気する。

「――それはそうだが」

「あら、私のことを心配してくださったのですか？」

嬉しくなって胸がときめく。

「ばかを言うな。間抜けな君がふらふら甲板に出て、うっかり川に落ちたかと思っただけだ」

「まあ！」

「あの頃と違い、ずいぶん重くなった君を救い上げるのは、私でも手こずるだろうからな」

「わ、私、そんなに重くありません！」

むきになって反論すると、いきなりひょいと抱き上げられた。

「きゃ……」

「重いぞ。妃になって少し油断しているのではないか？」

頭に血が昇る。

「そんな……サイズはちっとも変わりません！」

「どうかな」

リュシアンはそう言うや、彼女の身体を金張りの浴室の中に下ろした。

「あ？」

ふいにリュシアンが浴槽のコックをひねった。ざあっとシャワーから湯が吹き出す。

「きゃぁっ」

正装がみるみるびしょぬれになる。

「な、なにをするの⁉」

「川に落ちた君を助ける予行だ」

「な……！」

湯を吸ったドレスはかさばり重くなり、立ち上がることができない。

「いや、ひどい……」

「溺れた人間は、まず人工呼吸をするのだ、こういうふうに——」

リュシアンは狭い浴槽に自分も着衣のまま入ってくる。

「ちょ……お戯《たわむ》れは……」

ざあざあシャワーの湯が髪を濡らし、せっかく結い上げた髪も台無しになる。リュシアンは後ろ抱きにする形でエヴリーヌにぴったり身を寄せると、唇を覆ってくる。

「ん……んふぅ……」

ふうっと熱い息を吹きかけられ、湯の熱も相まってなんだか身体が火照ってくる。

「そして胸をマッサージする」

背後からぎゅっと乳房を掬うように持ち上げられる。

「どうだ？　生き返ったか？」

耳朶《みみたぶ》の後ろに低い声がする。その声の感触だけで、ぞくっと背中が震えそうになる。

「い、生き返るもなにも……もう、やめて、ドレスが……」

「あの男の目を見たか？」

リュシアンの声に凄みが出る。

「え？」

「この煌《きら》びやかなドレス姿の君を、フィリップ皇太子は蛇のような目で見ていたぞ」

エヴリーヌは思わず肩越しに彼の顔を見る。濡《ぬ》れた髪が額に垂れかかって陰影のある顔がひどく官能的だ。その青い目が怜悧に光っている。

「なのに、にこやかに手を握らせていたな」

「そんな……」

無作法なほどあからさまな視線は感じていたが、同盟国の皇太子だ。無礼なまねはできないと、不愉快な気持ちを抑えて歓待していただけなのに。

「蛇の好物はカエルだからな、君を呑まれないように見張っていなければ」

低い声で言いながら、リュシアンは背後からドレスのホックを外していく。

「もしかして、リュシアン様……妬いていらした？」

エヴリーヌがおそるおそる尋ねると、ドレスを剥ぐ手が乱暴になる。

「は――そんな訳がないだろう。君が無防備すぎると言ってるんだ」

濡れたドレスが浴槽の外に放り出される。

「も、やぁっ」

全裸に剥かれたエヴリーヌは、湯が溜《た》まった浴槽に身を沈めるようにして身体を隠そうとする。

「なにを恥ずかしがる、今さら」

「だって……」

今まで幾度となく身体を重ねて来たものの、こんな明るい浴室で裸を曝すのは抵抗があった。城ではネリーを始め女官たちが入浴の世話をするので、二人きりで入浴などしたこともなく、ひどく背徳的な行為に思えた。

「わかった、私も脱ごう」

なにをどう了解したのか、リュシアンもさっさと服を脱ぎ捨ててしまい、引き締まった彫像のような裸体が露《あらわ》になる。後ろからぎゅっと抱かれ、身を強《こわ》ばらせているとふっと笑われる。

「せっかくの風呂だ、もっとゆったりすればいい」

「そんなこと……」

「城では堅苦しい規律が多いからな。君とゆっくり入浴することもかなわない」

そのため息まじりの声にはっとする。

結婚して以来、結婚式がせまっていることも含め、リュシアンは多忙をきわめている。次期国王としての責務がますます重くのしかかっている。こうして城での束縛から一時解放されるのは、彼にとってはほっとする恵みのような機会なのかもしれない。

「ごめんなさい……」

彼への配慮が足りなかったかもしれないと、エヴリーヌはしゅんとしてしまう。

「なにを謝る？　しおらしいと気味が悪いぞ」

リュシアンがからかうように顔に湯をかけてくる。

「きゃっ、もう」

顔にかかった湯を片手で拭いながら、仕返しとばかりに彼の顔に湯を弾《はじ》かせる。

「お、やったな」

ばしゃっと湯が飛んでくる。

「ああもう、びしょびしょです」

長い金髪がすっかりほどけて、なみなみ溜まった湯の上にふわりと拡がる。

その姿はまるで生まれたての美の女神のようだ。リュシアンは眩《まぶ》しそうに目を細める。

「君は昔から濡れる宿命のようだな」

ぐっと引き寄せられると、柔らかな尻にごつっと灼熱の欲望が当たる感触がする。

「あ……」

どきんとして身体を固くすると、耳朶を甘く噛まれる。

「だからもっと濡らしたくなる」

「……そんな……」

噛まれた耳朶からじわじわ甘い疼《うず》きが全身に拡がるようだ。

「フィリップ皇太子が君を賞賛していたな。まるで美の女神のようだと。知っているか？　神話の美の女神は、海の泡から生まれたのを」

リュシアンはシャワーのコックを閉めると、浴槽の栓を抜いた。ごうっという音とともに湯が流れていくと、二人の密着した身体が露になる。彼は側の化粧台から海綿を取り上げた。湯につけた海綿を泡立てると、その泡をぬるぬるとエヴリーヌの身体になすり付けていく。

「あ……ぁ」

全身にくまなく泡を塗りたくると両手にたっぷり泡を掬《すく》い取り、今度は素手で全身を撫《な》で回《まわ》す。

「あぁ、あ……」

泡のぬめりで滑る手の感触が心地好《い》い。

「そら、すっかり泡だらけになった」

満足そうに言いながら、ふくよかな乳房をつるつると擦る。

「あん……だめ……」

今までにない感触に、乳首がちくんと勃ちあがってくる。

「ふ――淫らな女神だな、あっと言う間にここを尖らせて」

リュシアンの滑りの良くなった指が、くりくりと凝った乳首を転がす。

「や……ぁ、あぁ……ん」

なんだかいつもより敏感に感じてしまい、身を捩《よじ》ると臀部《でんぶ》が男の張りつめたものを擦るように刺激してしまう。

「おや、もう欲しいのか？　自分から誘うなんて、積極的な女神様だ」

乳房をくたくたに揉《も》みしだかれ、背後から腰をまわすように押し付けられる。

「やぁ、ちが……ぁ、あぁあ……」

身悶えするとくちゅぬちゅと泡が淫靡《いんび》な音を立て、いつもと違った刺激が全身を昂らせる。

「だめ……あぁ、やぁ……」

「だめと言いながら、腰を振り立てているじゃないか」

おもむろにリュシアンが細腰を抱えた。ふわりと身体が持ち上がったと思うと、彼の伸ばした足の上に下ろされる。背後からつるりと太腿《ふともも》の間に、勃ちきった熱い男根が滑り込む。

「あっ……」

抱きしめたまま身体を上下に揺らされる。

「あ、あぁ、あ……ん」

漲《みなぎ》った肉胴がぬるぬると淫唇を擦り上げると、腰が蕩《とろ》けそうに感じてしまう。

「はぁ、だめよ……そんな、ぁあん……」

泡だけでなく花唇から溢れ出した愛蜜のぬめりも混じり、さらに卑猥《ひわい》にぐちゅぐちゅという音が大きくなる。

「は——なんだこのぬるぬるは、泡ではないだろう？」

リュシアンが意地悪げにささやきながら、腰を下から突き上げる。

「はぁっ、あ、だめ、あぁ……」

ごつごつと太い血管の浮き出た剛棒が、ひりつく淫唇や膨れた秘玉を擦り上げると、その卑猥な刺激にいつもより激しく感じてしまう。

「ふぁ、あ、ぁあ、あぁん」

いつしか自ら腰を振り立てて、太腿の狭間《はざま》の灼熱の欲望を擦っている。

「ああ——そうだ、いいよ、エヴリーヌ。もっとだ」

リュシアンが深いため息をつく。

「はぁ、あぁ、あん、あぁあ」

ここが城の外であるという解放感も加わったのか、エヴリーヌも大胆に腰を使い始める。笠《かさ》の開いた亀頭が疼く柔唇や秘玉を擦るたびに、ぞくぞくと背中が甘く震え、たまらなく気持ち好《よ》くなる。隘路《あいろ》がきゅうきゅう収縮し、男の欲望を求める。

「はぁ、あ、だめ……も……ぁあ」

泡だらけの身体をしならせながら喘ぐと、うなじに唇を押し付けてリュシアンが言う。

「私が、欲しいか？」

「あ……ん、あぁ……」

う。

膣壁が痛いくらいに蠢く。

「正直に言うんだ」

固く漲《みなぎ》った先端で、潤みきった蜜口を軽く突《つ》つかれただけで、はしたないほど身悶《もだ》えてしまう。

「はぁ、あ……ほ、欲しい……です」

思わず誘うように両脚を開いてしまうと、ぬるりと亀頭が外されてしまう。

「あ……ん」

潤んだ瞳で肩越しに振り返ると、リュシアンが熱っぽく凝視《みつ》めてくる。

「欲しいなら、自分で挿れるといい」

そう言うと彼は浴槽に背中を持たせかけ、長々と身体を伸ばす。

「そ、そんな……ぁ、恥ずかしい……」

自分から受け入れた経験はなく、どうしていいかわからない。

「恥ずかしいなら、そのまま挿れたらいい。私の顔を見ずに済むだろう」

そう言われ、欲情も抑えがたく、おずおずと腰を持ち上げ熱い先端めがけてゆっくり下ろしていく。しかし泡にまみれた亀頭は、つるつると滑って上手く挿入出来ない。

「あ、あぁ……んんっ……」

どうしていいかわからず淫らに腰を蠢かせていると、背後からリュシアンが笑いを含んだ声で言う。

「そうやって白いお尻を振り立てている姿は、たまらないね——手を添えて挿れるんだ」

「あ、はい……」

言われたままそっと肉茎の根元に手を添え、先端を蜜口にあてがうようにして徐々に腰を沈めてみる。するとぬるりと熱い塊が侵入してきた。

「あふぁ、あぁっ……」

目一杯満たされる愉悦に、背中を仰け反らして喘《あえ》いでしまう。ずぶずぶと太い灼熱が根元まで侵入し、最奥まで届くと四肢から甘く力が抜けていく。

「そうだ、いいよ——そのまま腰を動かしてごらん」

「ん……はい……ぁあ」

言われるまま彼の膝に両手を突いてそっと腰を持ち上げ、またゆっくりと下ろしていく。

「んっ……あっ」

真下から硬い先端が子宮口まで突き上げて、深い喜悦にぶるっと腰が震える。

「もっと動いて、君が気持ち好いようにしてごらん」

「んん……こう？　あ、ぁあん」

腰を引き上げてまた下ろすことを繰り返しているうちに、どんどん快感が深まっていく。

「はっ、あぁ、あんん、んぅ」

次第に夢中になって腰を振りたくる。

「——は、なかなかいいぞ」

背後でリュシアンが深いため息をつく。

リュシアンも感じているのだと思うと、ますます身体が昂《たかぶ》り腰使いが大胆になる。

「あぁ、あ、深い……あ、当たる……のぉ」

ずくんずくんと粘膜の当たる淫らな音が響く。本能の赴くまま腰を押し回すように振り立てると、先端が当たる箇所が変わりそれがまたえも言われぬ気持ち好さになる。

「ふ——ここからだと、赤くほころんだ君の花びらが、私のものを美味しそうにしゃぶっているのが丸見えだ」

リュシアンの言葉に、自分からは見えない淫らな接合部を彼にすっかり曝《さら》していることに気がつく。羞恥に全身が薄桃色に色づく。

「やぁ、そんなこと……言わないで……ぁあっ」

恥ずかしいのにさらに感じてしまって、腰を振るのが止められない。

「セピア色の窄まりまでよく見えるぞ。なんだかこっちも物欲しげにひくひくしているじゃないか」

ふいにひんやりした指先が、後孔に触れてくる。

「ひ……や、そこっ……だめっ」

未知の感触にびくんと腰を浮かせる。

「だめなものか——よい反応をした」

リュシアンは指に泡を塗りたくると、ぬるぬると後孔を擦ってくる。

「だ……あ、や……っ」

「いいから腰を動かせ」

背後で行われている行為に鼓動を速めながら、命じられるまま腰を上下させる。すると窄まった後孔が次第に柔らかくほころび、ぬちゃりと男の指先を呑《の》み込《こ》んだ。

「っ……あ、あぁ、だめぇっ」

そんな箇所に指を突き入れるなんてあり得ない。ふるふる首を振って拒もうとするが、リュシアンはかまわず第一関節の辺りまで指を挿入してしまう。

「ひあっ、あっ、なに？」

灼《や》け付くような感覚に、ぶるっと身体に怖気《おぞけ》が走る。

「お――すごい締まる。これはよいな」

リュシアンが息を詰める。

後孔に差し込んだ指が、小刻みに揺さぶられる。

「ひぁ、やめ……そんなとこ……あぁ、だめ、やめて……」

後孔に生まれたぽってりした熱い疼きが次第に膨らんでくる。膣襞《ひだ》の皮一枚を隔てて、リュシアンの昂る肉胴としなやかな指が淫猥《いんわい》に擦れ合い、今まで感じたことのない異様な感覚が脳芯まで響く。

「あぁ、だめ……しないで……そんなに……あぁ、ああっ」

豊かな金髪をばさばさと乱して、湧き上がる熱い愉悦に打ち震えてしまう。

信じられない。排泄する箇所をいたぶられて、背筋が痺《しび》れるほど感じてしまうなんて。

「ひぅう、はぁ、あぁ、あぁあ、ぁうっ」

腰がさらなる喜悦を求めるように、くねくねと蠢《うごめ》いてしまう。

「く――前も後ろもすごい締め付けだ」

リュシアンは快感に耐えかねたかのように、ふいに自分から腰をずんと突き上げてきた。

「はぁあぁあっ」

一瞬脳裏が真っ白に染まった。あまりに深すぎる愉悦に、エヴリーヌの動きが止まってしまう。

「――エヴリーヌ」

欲望に掠れる声を出しながら、リュシアンがぐいぐい腰を突き上げ、絶え間なく指で掻き回す。

「あー、あぁー、だめ、だめぇ、そんなぁ……っ」

前後の粘膜を熱く擦り上げられ、そのあまりに淫らな喜悦に白い双臀をぶるぶる震わせて身悶《みもだ》える。

「ああ、ぁ、熱いの……あぁ熱い、すごい……っ」

全身が燃え上がるように痺れ、耐え難《がた》いくらい昂《たかぶ》る。この灼熱地獄から逃れるにはもうリュシアンとともに達するしかない。

「く……ふぅ、はあっ、はっ、はあっ」

赤唇を半開きにし、ひっきりなしに嬌声を漏らしながら自らも腰を振りたくりだす。

「お——持っていかれそうだ」

リュシアンがため息をつき、さらに腰を激しく揺さぶる。後孔に押し込まれた指は、もはや第二関節まで達している。

「はあぁ、あ、も……おかしくなってしまいます……あぁ、ねぇ」

エヴリーヌは涙目で肩越しに振り返る。

「なんと——そんな顔をして」

リュシアンが魅入られたような表情になる。壮絶な喜悦に酔いしれたエヴリーヌの顔つきは、かつてないほどに妖艶で美しかったのだ。

「お……願い、も、達《い》かせて……つらいの、つらい……っ」

自分がどんなに艶《なまめ》かしい目つきをしているかわからないエヴリーヌは、熱に浮かされたような表情で懇願する。

「——好きなだけ達かせてやる」

低く掠《かす》れた声を出して、後孔の指がぐりぐりと掻《か》き回《まわ》され、同時に腰の突き上げが最速になる。

「ひあぁ、あ、も、あ、達く、あぁ、あ、達き……ますっ」

壮絶な絶頂の波に媚襞が戦慄《わなな》き、きゅうきゅうと引《ひ》き攣《つ》る。嬌声と共に強くいきむと、濡れ襞がぎゅうっと男の肉胴を締め上げる。

「あ、あぁああーっ――」

エヴリーヌがびくびくと全身をのたうたせて前に倒れ込む。

「――っ」

エヴリーヌを力強く揺さぶっていたリュシアンの怒張が、びくんと最奥で震える。そして次の瞬間、熱く激しい飛沫《しぶき》が吹き上がる。

「はぁ、あ、熱い……ぁ、あぁあっっ」

止めどない激しい愉悦に腰ががくがく痙攣《けいれん》する。脳髄が真っ白に焼き切れ、腹部の奥深くに男の迸りの熱だけが感じられる。

「……は、ふう……はぁ、はぁっ」

精も根も尽き果てて、浴槽の底にうずくまり華奢《きやしや》な肩を震わせて息を継ぐ。

「――すばらしい。君がこんなに乱れるなんて」

まだ後孔に収まったままだった指がぐりっと押し回される。

「く、ひぁ、あ、も……やぁっ」

びくんと腰が大きく跳ねる。

「まだ足りないか？　君は本当は貪欲だな」

再び指が蠢く。

「あ、や、だめ、も、だめ……っ」

熱い圧迫感にひくんひくんと腰が震えてしまう。理性のたがが外れてしまったのか。排泄器官を弄《いじ》られて身悶えてしまう自分が、恥ずかしくてたまらない。それなのに愉悦がとめどなく溢れてくる。

「たまらないな――女神の後ろの孔を弄るのは。そして、その特権は私だけのものだ」

リュシアンが惚《ほう》けたような声を出し、指を蠢《うごめ》かす。

「や……くるし……も、許して、あぁ、感じたくないのぉ……」

啜《すす》り泣きながら、懇願する。

「では感じなければいい」

リュシアンが意地悪く言いながら、指を捩じ込む。

「そ……んな、ひど……あ、ぁあ、あ、やぁ、また……っ」

重苦しいような媚悦が再び襲ってくる。

「んんっ、んぅ、くぅ、ううぅあぁっ」

嬌声が止めようもなく、開いた紅唇の端から溢れた唾液がつつーっと滴り落ちる。

「また達くか？　こちらの孔の悦《よろこ》びは果てがないというのは本当だな」

リュシアンは目を丸くして、淫らにのたうつエヴリーヌの痴態を見つめる。

「意地悪……ひどい……あぁ、意地悪……っ」

エヴリーヌはほろほろ涙をこぼしながら、どうしようもない快感に悶《もだ》える。リュシアンは我が意を得たとばかりに答える。

「そうだ私は意地悪だ。諦めるんだな」

「ひど……あぁ、止まらないのぉ、はぁ、ぁああ……」

もはやエヴリーヌはリュシアンの思うままに、感極まって嬌声を上げ続けるしかなかった。

その夜。

少し船酔いしたからと、皇太子夫妻は晩餐《ばんさん》を断った。

その実は、エヴリーヌの新たな弱みを見つけたリュシアンにベッドに引きずり込まれ、一晩中気を失うまで責められたのだった。


翌日は快晴で、絶好の船日和となった。

早朝、まだまどろんでいた皇太子夫妻の部屋の扉を、慌ただしくノックするものがいた。

「──お休みの所、申し訳ありません」

シャルロの声だ。

「構わん、入れ」

リュシアンがさっとベッドから起き上がり、すばやくガウンを羽織る。

ドア口で、シャルロとリュシアンがなにやら声を潜めて話をしている。その物音にエヴリーヌもふっと目覚めた。

「──どうなさったの？」

まだ眠気の醒めやらぬ顔を振りながら声をかけると、リュシアンがくるりとこちらを向いた。

「エヴリーヌ、なにやら王宮から火急の用事だそうだ。あの人――国王が怪我《けが》を負われたとか」

「ええっ？」

たちまち頭がはっきりし、あわてて起き上がりガウンを手にする。

「いや階段で躓《つまず》かれたとかで、命に別状はないという。私は急ぎ王宮に戻り、国王の容態を確かめてくる」

リュシアンがベッドに歩み寄ってくる。

「私も。私もご一緒に」

「なに、出航までには戻ってくるから、君はネリーと船で待っていろ」

「でも――」

渋るエヴリーヌに、リュシアンがにこりと笑いかける。

「水が苦手な君一人を行かせるわけがないだろう。すぐ戻ってくる」

手を伸ばして金髪をくしゃりとすると、彼は素早くシャルロを連れて出て行った。

（たいしたお怪我でなければいいけれど――）

心細くベッドに腰を下ろしていると、元気よくネリーがノックする。

「おはようございます！　皇太子妃様、良いお天気になりそうですよ。川下りが楽しみですね！」

ネリーの生き生きした声に不安な心が力づけられた。

「そうね、お入りなさい。着付けを手伝ってちょうだいね」

——それは、化粧台に向かってネリーに長い金髪《くしけず》を梳られているときだった。

ゆらり、と船全体が揺れた。

「今のは、なに？」

エヴリーヌとネリーは顔を見合わせる。なにか足元に違和感を感じる。

ネリーが急いで窓に飛びつき、外を眺める。

「大変です、皇太子妃様！　船が動いています！」

「なんですって⁉」

エヴリーヌもあわてて立ち上がり窓から外をのぞく。すでに船着き場がはるか遠くに見えた。

「なぜ？　出航時間はまだ先のはずなのに！」

何かの手違いだろうか。リュシアンもシャルロもまだ戻っていない。

「私、フィリップ皇太子殿下にお尋ねするわ」

まだ部屋着にガウン姿だったが、かまわず部屋のドアを開けて出て行こうとした。

取っ手に手をかけようとしたとたん、外側からドアが勝手に開いた。

「あ？」

びくりと手を引くと、ドアの前にフィリップが立っている。

「まあフィリップ皇太子殿下、いまそちらにお伺いしようと思っておりました。出航のお時間が間違っております。リュシアン様がまだお戻りになっておりません」

長い金髪を垂らし白いガウン姿のほとんど素顔のエヴリーヌの姿を、フィリップはじろじろとぶしつけに見る。

「これは――あなたは化粧などしなくても充分お美しいですな」

べたつくお世辞にいらいらを押し殺して、言う。

「早く船を戻してください」

フィリップは口元に野卑な笑いを浮かべた。

「姫君、まだお気づきにならないか」

「え？」

「私はあなたを攫ったのだ。このままあなただけを連れて我が国に戻る」

「ええっ⁉」

愕然とした。

「なにを――なにをおっしゃっているの？　皇太子妃を誘拐だなんて、国際問題になります！」

するとフィリップは狡猾な表情になる。

「あなたが私に懸想《けそう》し、どうしても私のものになりたいと駆け落ちを持ちかけたのです。若い私はあなたの誘惑を拒めなかったというわけだ。今頃城に戻ったリュシアン殿は、私の手の者が偽造したあなたの書き置きを読んで激怒しているでしょう。不倫をしたあなたは、皇太子妃の位を剥奪される。そしてあなたは私のものになる。なんの問題もありません」

「書き置きですって⁉」

あまりの衝撃に足ががくがく震えて立っているのがやっとだ。ではこれはすべてフィリップの策謀だったのだ。

「我が国までは約一日の船旅。どうぞごゆるりとお楽しみ下さい」

フィリップが馬鹿丁寧に一礼した。茫然自失して気が遠くなりそうだった。


下りの船は波を立ててどんどん川を下っていく。

エヴリーヌは不安で胸が押しつぶされそうになりながら、部屋でネリーと手を取り合って励まし合う。

「大丈夫、きっとリュシアン様が助けに来てくれるわ」

「そうですとも、シャルロも付いております。お二人できっと救ってくださいますとも」

(――でも)

なす術《すべ》もないこんな状況では、つい悪い方に物事を考えてしまう。

(偽の手紙を読まれたリュシアン様が、それを信じてお怒りになられたら――私のことなど、どうでもよくなるかもしれない)

そもそもが自分のことを好いてくれているのかすら、確信が持てない。

確かに時計塔の落書きには心ときめいた。でもそれは昔のこと。今のリュシアンは、いくらエヴリーヌが恋心を吐露しても、茶化すばかりで信じてくれようとしないではないか。

このまま易々とフィリップの手に落ちてしまうのか。

(それだけは嫌！)

あの男に指一本触れられたくはない。考えただけで虫唾が走る。

そのくらいなら——。エヴリーヌは悲壮な決意をし、唇をきっと噛《か》み締《し》める。

「ネリー、私気分が悪いわ。デッキで風に当たりたい」

エヴリーヌは思い詰めた顔でゆっくり立ち上がった。

ネリーに付き添われて甲板に出て行く。

乗組員たちは言い含められているのか、二人の方は見て見ぬ振りをしている。広い川の真ん中を、船はかなりの早さで進んでいる。

船首の辺りにいたフィリップが、おや、というように振り返る。

「エヴリーヌ殿、出ていらしたのですか？」

彼の顔を見ると嫌悪で吐き気がするほどだったが、必死に強ばった笑顔を浮かべる。

「え、ええ……。少し景色を見たくて」

先ほどまで真っ青になって涙ぐんでいた彼女が微笑みを浮かべているので、フィリップは諦めがついたのかと思ったようだ。

「そうですか！　どうぞこちらへ、船首の方が眺めがよろしいですよ」

差し出された手は無視して、甲板の手すりに手を置き風に髪をなびかせる。

「いい風だわ」

エヴリーヌの目には景色など映っていない。水面を凝視し、その顔色は紙のように白く血の気が失《う》せている。付き添っているネリーはその様子にふっと眉をひそめた。

次の瞬間、エヴリーヌは手すりを掴《つか》んでいた手に力を込め、そのまま身体を持ち上げるようにして船の外へ飛び出そうとした。

「なにをなさいます！」

驚愕したネリーが、咄嗟にエヴリーヌのスカートを必死で掴んだ。半身がぶらんと船外に飛び出したまま、エヴリーヌは身を捩《ねじ》る。

「離して！　ネリーお願い！」

「いけません！　誰か！　誰か！」

ネリーが声を張り上げた。

さっと背後から太い腕が伸び、エヴリーヌの華奢な腕をがっしりと掴む。

「あっ」

フィリップだ。彼に軽々と甲板に引き戻されてしまう。

「これは――虫も殺さぬようなよやかな顔をして、思い切ったことをなさる！」

顔色を変えたフィリップは、まだ腕を掴んだまま息を弾ませる。

「お願い――オーランド城に帰してください」

決死の身投げを阻止されて、精も根も尽き果てたエヴリーヌは蚊の鳴くような声で懇願する。

「あと一歩であなたを我がものにできるのだ。それはできぬ。申し訳ないが、国に着くまで部屋に鍵をかけて監禁させてもらう」

フィリップが恐ろしい力で引き立たせようとする。

「いや！　離して！　いやぁ！　リュシアン様！」

エヴリーヌは最後の力を振り絞って抵抗する。

「はは、いくら呼んでも川の上だ、姫君無駄ですぞ」

フィリップが嘲笑《あざわら》う。

「今行くぞ！　エヴリーヌ！」

突然、凛とした声が頭から振ってくる。甲板に居たもの全員がはっとした。

「リュシアン様⁉」

確かに愛する皇太子の声だ。

「なに？　馬鹿な⁉」

フィリップが狼狽する。

突如、黒い影がひらりとエヴリーヌの前に飛び降りた。

すらりとした姿勢の好いそのすがたは、まぎれもなくリュシアンその人であった。続いてシャルロが音もなく甲板に着地した。

「リュシアン様！」

エヴリーヌはどっと嬉し涙が溢れた。

こんな奇跡があるだろうか。心から愛する人の名を呼んだら、その人が目の前に現れるなんて。

立ちふさがったリュシアンが、肩越しに声をかける。

「無事か？」

「は、はい――」

涙で声が詰まってうまく答えられない。

「リ、リュシアン皇太子――なぜ？　どこから？」

突然現れたリュシアンに、フィリップは愕然として顔が土気色になっている。

「天馬に跨がり空より舞い降りた」

リュシアンが眩しいくらいの笑顔を浮かべる。

「え？」

度肝を抜かれたフィリップに、

「と言いたいところだが――」

目の上にかかった乱れ髪をさっと払いながら、リュシアンが続ける。

「そこの跳ね橋の上で、貴殿の船を待ち受けていたのだ」

すっと指差した方には、高く跳ね上がった両開きの跳開橋《ちょうかいきょう》があった。

幅のあるこの川には、幾つもの跳ね橋がかけられている。普段は船舶の通行のために橋が上がっていて、対岸へ通行したい馬車や人がいる時だけ下りる仕組みになっているのだ。

「城に戻ると、国王の負傷はどこかの誰かが流した偽りの情報だと知れた。さらに私の元に、皇太子妃からの使いの者だという男が手紙を届けにきた」

リュシアンは懐から一葉の書き付けを取り出す。それを目の前に掲げ、声を出して読み上げる。

「敬愛する皇太子殿下　私はアジャーニ王国のフィリップ皇太子を心から愛してしまいました。もうこの心に嘘《うそ》はつけません。あの方にお頼みして、アジャーニに亡命いたします。どうか私のことはお忘れ下さるよう。　エヴリーヌ」

エヴリーヌはきっと顔を上げた。

「そんな手紙は――」

リュシアンが彼女を遮り、フィリップの目の前で手紙をびりびりと引き裂いた。

「ふん、こんな見え透いた手口に私が引っかかるものか」

細かくなった紙片が、風で散り散りに水面へ飛んでいく。

「こんなこともあろうと船着き場に待機させていた兵から、私たちが下船してすぐ船が出航したことを知らされた。私はすぐさま早馬を駆って、近道を選んでその跳ね橋まで先回りした。跳ね橋の上によじ上り、置いてきぼりをくらった貴殿の豪華客船に再乗船させていただいたというわけだ」

フィリップの目が血走ってくる。

「リュシアン殿はご存知《ぞんじ》ないだろうが、皇太子妃はずっと私を誘惑してきたのだ。あなたの目を盗んでは私は呼び出され、密《ひそ》かに逢瀬を繰り返した」

エヴリーヌはあまりのでたらめに、怒りでわなわなと身体が震えた。

「ほほう？」

リュシアンの方は、涼しい顔でいなしている。

「では私の方も言わせていただく。フィリップ殿はご存じないかもしれないが、私はあなたが我が国の産業の利権を独占しようと、あれこれ画策している証拠を多々握っているのだ。実は今回あなたの招待を受けたのも、船上でそのお話をじっくりさせていただこうと思っていたからなのですよ」

さーっとフィリップの顔から血の気が引き、真っ青になる。

「な、なにを――言うか！」

リュシアンの顔は涼やかに微笑《ほほえ》んでいるが、その青い目は怜悧に光っている。

「私は妃の名誉のために事を荒立てたくない。そのために単身乗り込んできたのだ。フィリップ皇太子、もう腹をくくり全てを吐き出したらいかがかな？」

「――くっ」

血の気が引いていたフィリップの顔がみるみる真っ赤になったと思うと、彼は腰に下げていた剣をいきなり抜いて襲いかかってきた。

「きゃ――っ」

リュシアンが危ない――思わずエヴリーヌは前へ飛び出そうとした。

リュシアンは咄嗟に彼女を抱きとめかばうように身を翻し、もう片方の手を素早く突き出された剣めがけて打ち下ろした。その手刀は見事にフィリップの手首に当たった。

「うっ」

思わずフィリップは剣を取り落とす。甲板に落ちた剣を、リュシアンの足が素早く踏みつける。

「——悪あがきはやめられよ。卑しくもあなたも一国の王子ではないか」

フィリップはだらだら冷や汗を流しながら、甲板に居た船員たちに怒鳴る。

「おい、お前たち！　リュシアンを捕らえよ！」

甲板の船員たちは一人も微動だにしない。フィリップは唾を飛ばさんばかりに怒鳴り散らす。

「なにをしているのだ！」

リュシアンの背後に控えていたシャルロが素早く片手を上げて合図した。すると棒立ちだった船員たちは、さっとシャルロの脇に整列した。

「あ⁉」

フィリップは呆然《ぼうぜん》として声を呑《の》む。

「残念ながら昨夜のうちに、アジャーニの船員はすべて我が国の兵士たちと入れ替わっていただいた。安心なされよ、同盟国の方々には丁重な扱いをさせていただいている」

フィリップはへなへなとその場に崩折れた。

「無念だ——」

吐き出すようにつぶやいたフィリップに、リュシアンが馬鹿丁寧に一礼する。

「あと半時もしたら、船は貴国に到着する。まずは国王に事の次第をすべてご報告する」

フィリップはうなだれたままもう言葉もなかった。リュシアンはシャルロを振り返る。

「フィリップ皇太子殿下を客室にご案内し、無礼の無いようにな。ただ見張りだけは怠るな」

「御意」

シャルロは素早く進み出て、丁重にフィリップに腕を貸し室内へ誘った。もはやフィリップは観念したのか大人しく従う。

彼らの姿が室内に消えると、リュシアンは抱きかかえていたエヴリーヌをきっと睨みつけた。

「泳げもしないくせに、なぜ川に飛び込もうなどと無謀なことをする！」

リュシアンに救われ腕の中で喜びに打ち震えていたエヴリーヌは、思いもかけず叱責されあぜんとした。

「え？　だって——私は、あの皇太子の手に落ちるなどと思ったら、もう夢中で——」

リュシアンがさらにきつい声で言う。

「すぐ戻るという私の言葉を信用しなかったのか！」

「そ、んな……」

目に涙が浮かんでくる。

あの時は、本当に死ぬ覚悟だった。リュシアン以外の男に抱かれるくらいなら、命を投げ出してもかまわないとすら思ったのに——。

「私は……リュシアン様が……リュシアン様を……」

嗚咽《おえつ》が込み上げ言葉にならない。

「ああもう泣くな、君が無謀だということは充分わかったから」

言葉はぞんざいだがその腕はきつく身体を抱きしめてくれる。

「わ、たし……あんな手紙なんか書いてません」

しゃくり上げながら言うと、リュシアンの口調がふっと優しくなる。

「わかっている、あの手紙など最初から偽物だと。カエル姫が蛇王子についていくわけがなかろう?」

青い目が心の奥底まで見通すように見つめてくる。

「ん? 泳げないカエル姫を救うのは、いつだって私の役目だろう?」

エヴリーヌは溢《あふ》れる涙で声が出せず、ただこくこくとうなずく。

「そうだ、わかればいい。そもそもはフィリップ皇太子の策略に乗るふりをして、裏をかこうと思っていた。なにも知らせず、つらい目にあわせたな」

涙を呑み込み、声を振り絞る。

「いいえ……でも……夫婦なら打ち明けて欲しかったです」

リュシアンが苦笑いしながら、エヴリーヌの赤くなった鼻を突《つ》つく。

「最初から全てを打ち明けたら、ばか正直な君はすぐにぼろを出して、フィリップ皇太子に気づかれてしまったろうよ。さっきのような迫真の演技はとてもできまい」

「は、迫真の演技ですって？ わ、私は本気で――」

かっとして言い募ろうとすると、くしゃっと髪を掻《か》き回《まわ》される。

「そういう一途なところが、危ないと言っているのだ。全く、君は私が守ってやらないとなにをしでかすかわかったもんじゃない」

エヴリーヌの胸にじんわりと、彼の軽口の裏の真心が沁みてきた。

「アマガエルの私でも、よいのですか？」

まっすぐ青い目を見据えて尋ねると、リュシアンは微《かす》かに白皙《はくせき》の頬《ほお》を染めた。

「ふん――君にだけ特別に教えてやる」

「なんでしょう？」

「アマガエルはな――」

リュシアンがぐっと耳元に顔を近づけ、エヴリーヌにだけ聞こえる声でささやいた。

「私がこの世で一番好きな生き物だ」

心臓が跳び上る気がした。胸がどきどき激しく脈打ち、エヴリーヌは震える声で尋ねる。

「え？ なんですって？」

リュシアンは今度はあからさまに顔を染めた。

「だから――この世で一番好きな生き物だ」

胸が痛くなるほど幸せだ。

「もう一度、聞こえません。この世で？」

リュシアンは耳朶《みみたぶ》まで赤くなる。

「だから、一番好きな――おい、君、私をからかっているな？」

リュシアンはエヴリーヌの目が悪戯《いたずら》っぽく眇《すが》められているのにやっと気がつく。

「ちゃんと聞こえているではないか。なんと恥知らずな――ん？」

エヴリーヌの唇が柔らかく彼の言葉の続きを押し包む。

「好きです、リュシアン様」

そっと唇を離し、心を込めてささやく。

「――わかっている」

リュシアンがぼそりとつぶやき、彼の方から乱暴に唇を塞ぐ。

「ん……んぅ……」

熱い舌先が強引に絡んできて、強く吸い上げる。まるで想《おも》いのたけを伝えるような熱い口づけを、エヴリーヌは身動きもできずに甘受していた。

甲板に整列していた兵たちもシャルロもネリーも、長い口づけを続ける皇太子夫妻を微笑ましく見つめていた。

そして二人はそのことに全く気がつかず、深い口づけを交わすのだった。

第六章　淫らな鏡と輝かしい結婚式

アジャーニ国に到着すると、リュシアンたちはすぐさまその足でフィリップを伴い王宮に向かった。

リュシアンはアジャーニ国王に対し、これまでのいきさつを丁重に説明した。ただ、エヴリーヌに関することだけはいっさい伏せた。また侍従にも兵たちにも厳重な箝口令が敷かれ、エヴリーヌ略奪未遂の件に関しては表に出ることは無かった。

暴かれたフィリップの数々の悪行に対し、アジャーニ国王は大変立腹した。

フィリップは王位第一継承権を剥奪され、公爵の地位に降下させられ、第二皇太子アレックスが昇格した。そしてアジャーニ国王はオーランド国に対し丁重な謝罪を申し入れてきた。

しかし同盟国の皇太子の裏切り行為は、オーランド国の威信をおおいに傷つけた。オーランド国王の怒りも並々ならなかった。

今後のアジャーニ国への対応を決定する御前会議は紛糾した。

「アジャーニめ、同盟を破り我が国をたばかるとは許しがたい」

若い頃は血気盛んで「獅子王」と呼ばれたこともあるオーランド国王は、怒りを抑えきれない面持ちだ。

「我が国の面目は丸つぶれです。国交を断絶しましょう」「貿易に制限をかけて制裁措置を取るべきです」

重臣たちも強硬手段に出るべきだとの意見が大勢を占めた。

「いや、今まで通り友好を保つべきです」

御前会議場に落ち着いた涼やかな声が響いた。そこにいる者全員がはっとした。

ずっと沈黙を守っていたリュシアンだった。

そもそもが今まで御前会議に出席しても、ほとんど口を開くことがなかった彼の発言に、皆ふいをつかれた。国王も驚いたように口を閉ざした。

リュシアンはおもむろに立ちあがり、長いテーブルにずらりと並んだ重臣たちを穏やかに見回した。

「今回の陰謀の数々は、フィリップ公の独断で行われたもの。アジャーニからは正式な謝罪もいただいている。今度第一王位継承者になられたアレックス皇太子は、知的で判断力に優れたお方だと伺っている。我が国の行く末を思えば、ここは報復はせず、我が国の懐の深さを見せ、相手に恩を売っておくことです」

会議場が水を打ったように静まり返った。

「河川で繋《つな》がっている下流側のアジャーニと国交を絶つことは、今後の我が国の交易の妨げにしかなりません。経済措置も国益のほとんどを貿易に頼っている我が国には、かえって不利です」

　頭に血が昇っていた重臣たちは、理路整然としたリュシアンの言葉に憑き物が取れたような表情になる。

「――なるほど」「皇太子殿下のおっしゃるとおりだ」「国交断絶は益がない」

　皆口々にリュシアンに賛同した。

　じっとそのいきさつを見ていた国王の目に、感嘆の色が浮かんでいる。

　リュシアンは国王の方にまっすぐに顔を向けた。

「陛下、いかがでしょう？　今回のアジャーニに対する措置は無しということで」

　国王もまっすぐリュシアンの顔を見る。

「うむ、そなたの言うことは全てもっともである。我が国はアジャーニに対し、今まで通りの末永い友好を求む、そう相手に伝えよう」

　自然と重臣たちから拍手がわいた。

「万歳！　国王陛下、皇太子殿下！」

「オーランド国に幸あれ！」

　見つめ合う国王と皇太子に、賛辞の嵐が送られる。

　その午後――。

　エヴリーヌは衣装室でウェディングドレスの仮縫いに立ち会っていた。

「いよいよお式が来月に迫ってきましたね――私もう、わくわくして眠れないんです」

付き添っているネリーが瞳を輝かせ興奮している。

「ネリーったら、人の結婚式でそんなにはしゃいでいたら、自分の時はどうなるの？」

仕立て屋にウエストをもう少し詰めるように指示を出しながら、エヴリーヌが苦笑する。

「え？　わ、私なんか――」

ネリーの頬が上気する。

「あら、誰か想い人がいるのかしら？」

エヴリーヌがからかうと、ネリーはうつむいて首をぶんぶん振る。そこへ御前会議を終えたリュシアンがシャルロとともに現れた。

「あ――」

シャルロの顔を見るや否や、ネリーは髪の毛に負けないほど真っ赤になり、ものも言わず洗面室に駆け込んでしまった。

「まあ可愛《かわい》い――」

エヴリーヌは咎めることもせず、微笑《ほほえ》む。

「どうだ、式の準備は？」

リュシアンが側の椅子に腰を下ろす。

「すべて順調です。このドレスも最後の仕上げで」

エヴリーヌが全身が見えるようにリュシアンの方を向く。

手織りの真っ白な総レースのウェディングドレスは、シンプルなデザインだがぴったりとエヴリーヌの身体に合い、見事なスタイルを際立たせている。裾は数メートルも尾を引き、まるで純白の孔雀のように艶やかだ。

「あの、お気に召しませんか？」

リュシアンが惚《ほう》けたように黙っているので、エヴリーヌはおそるおそる聞く。

「ふん――」

リュシアンは咳払《せきばら》いする。

「まあまあだ」

エヴリーヌは苦笑する。

「まあまあって――」

「白は君にはあまり似合わないな。肌が透けるように白いので、幽霊みたいだ」

とんだ感想を言われる。

「幽霊って、花嫁に言う言葉ですか？　だってウェディングドレスは、白と決まっているのでは？」

「そうでもあるまい。白は『あなた色に染めてください』という花嫁の意思表示だというからな。だったら私好みの色に染めてもいいわけだろう？」

リュシアンがへ理屈を言い始めると、エヴリーヌはとても論破できない。

「もう、お好きになさってください」

リュシアンは勝ち誇ったようにうなずく。

「ではそのドレスはもう不要だ。脱がせてやる」

さっと立ち上がったかと思うと、彼は軽々とエヴリーヌを抱き上げた。

「あっ」

仕立て屋も周りの女官たちもあっけにとられる。

「すぐ私の好みのウェディングドレスを仕立て直すように。後ほど申し付ける」

衣装室を出て行きながら、リュシアンは背後に声をかける。

「ちょ――どこに？」

早足で廻廊《かいろう》を抜けていくリュシアンの首に必死でしがみつく。

「いささか会議で気を張りすぎた。午睡《ごすい》を取る」

リュシアンはまっすぐ寝室に向かっている。

いよいよ結婚式もせまり、国王が二人のために宮殿の奥に新しい部屋を贈ってくれたのだ。今では二人はそこで寝食を共にするようになっている。

寝室は高いドーム型の天井に星座の絵が描かれ、白で統一された部屋には高い天蓋付きの大きなベッドが置かれている。色のない部屋の中で、ベッドだけはシーツもカバーも上掛けもすべて深紅に統一されている。そのベッドの上に、投げ出すように寝かされる。

「きゃ――私は眠くありませんから。どうかお一人でお休みに」

せっかくのウェディングドレスがくしゃくしゃになってしまい、あわてて身を起こそうとすると肩を軽く突かれて、再び仰向けに倒れてしまう。

「眠るわけがなかろう」

リュシアンは上衣を脱ぎ捨て、ベッドに上ってくる。そのまま覆《おお》い被《かぶ》さるように唇を奪われる。

「あ……ふ……んんっ」

口腔《こうこう》を存分に舐《ねぶ》りながら、彼の手はドレスの結び紐《ひも》を器用に解いていく。

「ん……だめ、全部脱がさないで……」

次々衣装を剥がれ、エヴリーヌがいやいやと首を振る。

「もうこのドレスは不要だと言ったろう」

リュシアンはかまわずドロワーズまで全て剥ぎ取ってしまう。

「あ……や、昼間から……」

エヴリーヌは全身を薄桃色に染めて恥じらう。午後の日差しのもと、エヴリーヌの真っ白な裸体が深紅のシーツの上にくっきり浮かび上がる。

「うん、やはり君はドレスより白いな」

染み一つないきめ細かな白い肌、豊かな金髪、華奢《きやしや》な肩、大きく柔らかな胸の膨らみ、その乳房の上に佇《たたず》む小さな紅《あか》い乳首。ほっそりした腰、まろやかな尻、むっちりした太腿《ふともも》、すんなり伸びたふくらはぎ。そして太腿の狭間《はざま》の薄い金色の茂み。

「紅色のシーツは大正解だ。君が彫像のように浮かび上がる」

ベッドの色はリュシアンの指示だ。こうやってエヴリーヌの裸体を心ゆくまで観賞するためだ。

「も……そんなに見ないで」

もう幾度となく裸体を曝《さら》しているが、やはり日の高い時間に露《あらわ》にされるのはあまりに背徳的で慣れることができない。潤んだ瞳で恥じらう姿が、男の興奮を駆り立てることには気がつかないエヴリーヌだった。

「いやだ。君は私の色に染まるんだろう？　もっと染めてやりたい」

リュシアンがちゅっと音をたてて唇を啄《ついば》み、そのまま首筋、肩、肩甲骨と顔を下ろしていく。ちゅっちゅっと、音を立てて真っ白い肌に吸い付くと、面白いほどに紅い跡が刻印される。

「痛……あ、あんまり跡、付けないで……いやぁ」

リュシアンが感極まると身体中に口づけの跡を付けるので、エヴリーヌは押しとどめようと身を捩《よじ》る。一日二日はその紅い跡が消えず、恥ずかしくてネリーにすら着替えの手伝いを断るのだ。

「だめだ。いっぱい付けてやる」

リュシアンは意地悪げに微笑むと、乳房、腹、下腹、太腿とくまなく口付けていく。

「あ、ん、あぁ……」

恥ずかしいのに次第に身体が昂っていく。さんさんと差し込む日差しの下、自分の全身に紅い花びらを散らすリュシアンはなんていやらしいんだろうと思う。そしてそれを悦《よろこ》びとともに受け入れてしまう自分は、もっと淫らだと思う。

このごろはますます感じやすくなってしまい、彼に耳元で息を吹きかけられるだけで、下肢が甘く蕩《とろ》けてしまいそうになるときがあるくらいだ。

(私の身体はすっかりリュシアン様の好みに染められてしまったのだわ)

それが少しも嫌ではない。

彼の指に彼の舌に彼の欲望に、自分の身体が的確に反応し悦びを高めることがこんなにも幸せで満たされることとは思わなかった。いつでも少し強引で意地悪だが、思い返せばリュシアンがエヴリーヌの心底いやがることをしたことは一度もない。

(この人をこんなにも愛しく思う日がくるなんて、思いもしなかった)

幼い頃はただ意地悪なだけの王子様、という記憶しかない。花嫁に選ばれた当初は恐怖ばかりで。彼も自分を嫌々受け入れてくれているのだと思った。いつでもからかわれてばかりで、少しも愛されていないと信じこんでいた。

でも、今は――。それが全部間違いであると確信できる。

(たとえ籤《くじ》で当たった私でも、大事に思ってくださっているのだ)

そう、今こんなにも満たされているのならそれでいい。

「――あっ」

うっとり愛撫《あいぶ》を受けていたエヴリーヌは、ふいに秘裂に顔を埋められびくりと身をすくませる。

「綺麗《きれい》だ。毎日のように私のものを受け入れているのに、いつでも処女のように慎《つつ》ましく清らかだ」

ふうっと彼の熱い息が恥毛をそよがせ、それにもぞくっと感じてしまう。

「あ、いや……見ないで……」

(自分でもよく見たことのない秘密の部分を、この人は私以上に良く知っているのだ)

そう思うとなんだかどきどきして身体の体温が上がってくる。

「この可愛い花芽が――」

リュシアンはつぶやきながらちゅっと口腔に秘玉を含む。

「ひ……あぁっ」

鋭い喜悦に背中がびくんと仰け反《そ》る。

ぬるついた口腔に吸い込まれた秘玉を、熱い舌がねっとりと這《は》い回《まわ》る。

「だ、め……そこ……ぁ、はぁ、あぁ……」

腰が抜けてしまいそうなほど、甘く感じてしまう。ひくんと隘路《あいろ》が引き攣り、とろとろと淫らな蜜を溢れさす。

「溢れてきた、愛蜜――美味《うま》そうだ」

ちゅぱっと淫らな水音を立て、吹き出す愛液が啜《すす》り上げられ、同時に柔らかな唇で凝った花芽を扱《しご》く。

「んう、はぁ、は……あぁ、や……」

この豆粒ほどの小さな器官はすっかり敏感になってしまい、少しでも刺激を受けるとたちまち子宮の奥が物欲しげに蠢《うごめ》いてしまう。

「ひぃ、あ、はあ、あ、も……あぁっ」

口づけの紅い跡が散る白い乳房を揺らめかせ、身悶《みもだ》える。花芽から湧き上がる滾《たぎ》るような愉悦が、全身を淫らな甘い毒で満たしていく。もう抵抗することなど、できない。

「んぅ、あ、も……やぁ、あ、しないで、あぁ、あ……」

全身が欲情しきってぶるぶる震える。頭が昂って朦朧《もうろう》としてくる。膣襞《ちつひだ》が飢えてきゅうきゅう収縮する。何もされていないのに、乳首がつんと尖りじんじん焦れる。

「そんなに腰を突き出して——私を誘っているのか？」

リュシアンが口元を卑猥《ひわい》にぬらつかせて、顔を上げる。

「や……そんな……ちが……ひぅっ」

かしっと膨れ上がった秘玉に歯を立てられ、びくびくと全身が痙攣《けいれん》してしまう。

同時にどうっと新たな蜜が溢《あふ》れ出《だ》し、紅のシーツに淫らな染みを作る。

リュシアンは片手を伸ばし揺れる乳房をわしづかみ、ひりつく乳首を指の腹で擦り上げてくる。

「ひぅ……あ、だめ、も、だめ……っ」

敏感な部分を一度に責め立てられ、エヴリーヌはいやいやと首を振り立てて甘く喘ぐ。

「——欲しい？　私が」

リュシアンがくぐもった声で聞く。

「……あ、ぁ……ほ、しい……」

羞恥に蚊の鳴くような声で答える。

「聞こえないな?」

疼《うず》ききった乳首の先を指でこじりながら、意地悪い声がする。

「あぅ……は、欲しい……の」

子宮の奥が焦れに焦れて、苦しいほど蠢く。

「うん、なにが欲しいの? 指?」

リュシアンは涼しい声で、ぬぷりと潤んだ蜜口に指を押し入れる。

「あ、はぁっ」

しなやかで長い指の感触に濡れ襞が悦んで絡み付く。だが足りない。もっともっと満たして欲しい。

「んぅ、あぁ、ちが……あの……」

くちゅくちゅと浅瀬を指で掻《か》き回《まわ》されて、痛むほどに媚肉が蠢動《しゅんどう》する。

「君のこのいやらしいお口は、なにが欲しいのかな?」

愛液にぬるつく秘玉を、こりこり指が抉じる。じんじんときつい疼きが全身を駆け巡る。

「あぁう、あ、やぁ、もう……っ」

これ以上焦らされたらおかしくなる。

「んぅ、あ、リュシアン様の……大きいのが欲しいの……いっぱい挿れて……ぇ」

腰を突き出し、身体を焦れったく波打たせる。

「よくできました」

リュシアンは軽口を叩きながらゆっくり身を起こす。恥じらって目を伏せていると、さらりと彼が服を脱ぎ捨てる音がする。みしっとベッドが軋み、ふいに腕を掴まれ引き起こされた。

「あ？」

驚いて目を開くと、全裸になったリュシアンの膝の上に背後から座るような格好にさせられる。

「な……に？」

もの問いたげに見上げると、リュシアンの熱っぽい目が光る。

「君は自分のいやらしい場所がどんなふうに私を受け入れるか、知らないだろう？　今日はじっくり見るといい」

「え？」

訳が分からないでいると、リュシアンは背後から膝裏に手をかけ、大きくM字型に開脚させた。

「あ、きゃ……」

淫らな格好に驚いていると、さらに――。

「ほら、顔を上げて前をごらん」

促されるまま顔をそっと上げると、真正面にリュシアンに抱きすくめられた全裸の自分と目が合う。

「きゃぁっ」

大きな姿見がそこにあった。蔦紋様の精緻な彫り物の枠に収めた全身が映る鏡だ。

「よく見て。いまから私のものが君の中に呑み込まれていくから」

そう言うや否や、リュシアンはエヴリーヌの身体を持ち上げぱっくり開いた秘部に反り返った欲望の先端を押し当てる。

「やぁ、こんなの……いや、いやぁ……」

あまりの恥辱に両手で顔を覆おうとすると、ぴたりと男の動きが止まる。

「言われた通りにしないと、欲しいものを上げない」

「あ……ぁあ」

潤みきった媚肉は満たして欲しくてうずうずと蠢く。ひくつく花唇から、たらりたらりと愛蜜が滴り落ちる。

「うう、う……」

開いた手の間からおそるおそる鏡をのぞく。

真っ赤に濡れ光る自分の秘裂に、笠《かさ》の開いた亀頭の先がぬるぬると押し付けられている。

信じられない。生まれて初めて目の当たりに見る自分の秘所。そこはあまりに淫らで扇情的で、もう目を反《そ》らすことができなかった。

鏡の中のリュシアンが満足そうに目を眇《すが》める。

「そうだ、いい子だ。全部くまなく見ているんだよ」

そろそろと腰が下ろされる。

「は、あぁ……」

熱い灼熱《しゃくねつ》の先端が濡れそぼって開いた花唇をくちゅくちゅとなぞる。それだけで軽く達してしまい、びくんと仰け反る。

「そら君の淫らな花びらに、欲しいものが入るよ」

耳元で低くささやきながら、リュシアンの先端がぐぐっと淫襞を割って呑み込まれていく。

「あ、あぁ、あ、入る……あぁ、入って……」

あんな太くて大きいものが、やすやすと自分の中に侵入してくる。疼く内襞を押し分けて、長大な欲望が徐々に姿を消していく。

「んあぁ、あ、熱い……あぁ、熱いのぉ……」

「く――いつもよりもっときつい――興奮しているね？」

リュシアンが深い息を吐く。

そのまま怒張は根元まで呑み込まれる。

「あぁ、入って……全部……」

割り開かれた淫唇がひくひくしながら男の欲望を全て受け入れた。

「んぅ、リュシアン様……が、いっぱい……あぁ、すごい」

「ああ、すっかり入ったよ――」

膝裏を抱えられ、今度はゆっくり持ち上げられる。

「ひぅっ、あぅ……」

みっちり埋め尽くした太い肉茎が、濡れ襞を巻き込んで引き摺り出される。現れた脈動は、自分の愛液にまみれぬらぬらと淫猥《いんわい》に光っている。

「ああなんていやらしくて綺麗なんだ」

ふいにリュシアンがずんと身体を下ろした。雁首まで引き出したそれが、今度は一気に最奥までを貫く。

「ひ、あぁあ、あぅうっ」

エヴリーヌは脳芯まで愉悦に痺《しび》れ、悲鳴にも似た嬌声を漏らす。

「さあ動くよ、見てて」

そう言うと、リュシアンはずんずんと勢いを付けてエヴリーヌの身体を上下に揺さぶった。

「あっ、あぁっ、はぁっ、あぁ……っ」

ずちゅずちゅと愛蜜を弾《はじ》かせて、極太の肉棒が抽送される。

「熱いよ――エヴリーヌ、すごい締め付けだ――感じてる?」

耳朶《じだ》を甘噛みしながら、リュシアンは激しく上下に揺さぶる。

「ひぅ、う、うん、あぁ、あああ、すご……い、すごいの……ぉ」

激しい振動で喘ぎ声が途切れ途切れになる。勝手に媚襞が肉胴を締めつけると、張り出した亀頭が感じやすい部分をくまなく擦り上げて、たまらなく気持ち好《い》い。

「あ、あぁ、もっと……もっと……リュシアン様……っ」

思わず淫らな懇願が紅唇から漏れてしまう。

「いいよ、いくらでもしてあげる」

リュシアンは両手で上下に身体を振動させながら、下から腰を突き上げる。その二重の責めに苦しいくらいの愉悦が湧き上がり、頭がくらくらする。随喜の涙で視界が曇り、鏡の中の淫らに絡む二人が霞《かす》んでくる。

「ふぁ、あん、深……あ、リュシアン様……あぁっ」

激しく抜き差しされるたびに、ぐちゅりと泡立つ愛蜜が結合部から溢《あふ》れる。

「あ、いやぁ、もう……あぁ、だめぇ……」

恥ずかしければ恥ずかしいほど、身体中が灼《や》け付くように燃え上がり、膣襞はうねるように男のものを締めつける。

「気持ちいいのか？　感じている？」

抱えた両脚をさらに大きく開かせ、ずぐずぐと粘つく音を響かせて抽送すると、エヴリーヌの喘ぎ声がさらに甲高くなる。

「い……いぃ……あぁ、感じるの……ああん、リュシアン様を感じる……ぅ」

気持ち好過ぎて息がろくにできず、頭が朦朧としてくる。

「うれしいね——正直な君が好きだな」

言葉のあやでも「好きだ」と言われ、全身がじんと甘く痺れ身震いしてしまう。

「あぁ、あぁあん、好き……好きよ……リュシアン……様」

嬉し涙で濡《ぬ》れた妖艶な目で肩越しに振り返ると、リュシアンの青い目も心なしか潤んでいる。求めるように唇を寄せると、すぐにきつく塞がれる。

「ふ……んんぅ、うっ……ん」

魂までもっていかれそうな激しいキスに、頭の芯まで法悦にどろどろに蕩けてしまう。そうしている間も、一段と膨れ上がった若茎が蠢《うごめ》く隘路をぐりぐりと突き上げる。

「く……んぅ、んんんんぅ、んんぅっ」

唇を塞がれ声を上げられず、逃げ場を失った熱が全身に駆け巡り四肢がしびれてくる。もはや密着した粘膜のどこからがリュシアンでどこからが自分かすらわからなくなる。鼓動も呼吸もぴったりとひとつに溶け合い、さらなる喜悦の高みへと上っていく。

「ふ……はぁ、んんぅ、んんんっ」

リュシアンが突き上げるたびに脳裏に火花が散る。合わさった唇の端から溢れた唾液が首筋に流れ落ちる。もはや感じるのは彼の熱い脈動と体温だけ。

「も……んぅ、は……んんうぅん」

もうこれ以上は耐えられない。達したい。舌を絡め取られ声も出せず、思い切りいきんで男の怒張を締め上げることでそれを伝える。するとリュシアンも最後の仕上げとばかりに、さらに律動を早める。

「か……はぁ、あ、あぁあ、あぁあっっ」

ついに耐えきれず顔を引きはがすようにして唇を離し、甘い啜《すす》り泣《な》きを漏らす。

「エヴリーヌ――一緒に」

リュシアンが低く唸るようにささやくと、ぐりっと腰を押し回すようにして突き上げた。

「あぁ、あ、達《い》く……あぁ達っちゃう……あぁぁ、リュシアン様っ」

「――っ」

リュシアンが中でどくんと跳ねる。

「……っ、あぁ、あぁぁぁぁあ～っ」

子宮が蕩《とろ》けるような疼きにひくんひくんと媚肉が蠢《うごめ》き、エヴリーヌは息を詰めて背中を強《こわ》ばらせる。それと同時にリュシアンが叩き付けるように最奥で欲望の飛沫《しぶき》を弾かせる。

「……ふ、はぅ……はっ……」

しばらく意識が飛んでしまう。その後深く呼吸を繰り返すと、全身がぐったりと弛緩《しかん》する。

「……は――エヴリーヌ」

動きを止めたリュシアンが、汗ばんだ身体をぴったりと押し付ける。

「……顔を上げて――達したばかりの君を見てごらん」

「……や……」

おそるおそる絶頂に霞んだ目を見開くと、鏡の中に陶酔しきった自分の姿がある。開ききった陰唇がまだ物欲しげに男の肉棒を呑《の》み込《こ》んでいる。

「いいか、抜くよ」

リュシアンがそっと両脚を持ち上げ、ぬぷりと萎《しぼ》んだ男根を抜く。

「あっ……ん」

その喪失感にすら甘く感じてしまう。そして抜け出た肉塊とともに、こぽりと音を立てて白濁した液が溢れ出る。真っ赤に熟れた秘裂から漏れ出る白い欲望。

淫らだが、自分の全てをリュシアンに与えまた彼の全てを奪った充足感に、じんと胸の奥が熱くなる。

こんな恥ずかしい行為をくまなく見てしまうなんて――。淫らすぎる。でも二人だけの愛の行為。

「……素晴らしかった、です」

さすがにいつまでも鏡を見ている勇気はなく、顔をうつむけて言う。

「――私もだ」

甘く耳元でささやかれあまりの幸福感にくらくらしてしまう。

そう、行為の直後のリュシアンは心のたがが外れるのか、普段よりずっと素直で優しい。だからこの全てを出し尽くした瞬間が一番好きだ。この優しいひと言のためなら、普段のどんな意地悪も軽口も受け流せる。

でもいつも優しいリュシアンを求めるのなら、四六時中身体を繋げていなくてはいけない。それはとても自分の身がもたない。

「ふふっ……」

思わず一人で笑ってしまう。

「ん？　なんだ、なにが可笑《おか》しい？　私がなにか気にそわぬことでもしたか？」

徐々に普段の彼の口調になる。

「いいえ、いつものあなたが戻ってきたから——」

リュシアンが青い目を不可解そうに見開く。

「なんだ？　私はここにいるだろうが」

もうくすくす笑いが止まらなくなる。

「おい、閨《ねや》で笑うやつがあるか、失礼な」

気分を害した彼が、いきなりベッドに押し倒す。

「あ……」

「今度は口もきけぬほど、いじめてやる」

そう言うと乳首に舌を這《は》わせ始める。

「あ、ちょ……も、もうやめて……」

逃れようと身を捩《よじ》ると、両手首をつかまれシーツの上に押さえ込まれてしまう。

「やめない。笑った罰だ、今度はいやと言うほど泣かせてやる」

リュシアンはまた尖《とが》ってきた乳首を執拗《しつよう》に舐る。

「んあぁ、あ、やぁ、だめ……んっ」

再び甘い疼きが下肢に走り、エヴリーヌは思わず喘《あえ》いでしまう。

どうやら自分も、彼に負けず劣らず貪欲な身体になってしまったようだ――。


その年の秋――。

モルブルグの大寺院で、皇太子皇太子妃の結婚式が華やかに執り行なわれた。

その日は雲一つない秋晴れで、国民たちは警備兵が沿道に等間隔で立ちはだかる大通りに、我も我もと集まった。

この晴れの日、評判の美貌の皇太子夫妻をひと目見ようと、かつてないほどの人々が首都を訪れた。

お目当ては、結婚式後のお披露目《ひろめ》の屋根のない馬車でのパレードだ。

「おい、押すなよ」「まだかい、お姿は？」「ああ楽しみだねぇ」

人々は押し合いへし合い、少しでも前に出ようと大騒ぎだ。皆手に手にオーランドの国旗を持ち、中には花束を抱えている者も多くいる。

と、大通りの向こうから歓声が沸き起こった。

「ああおいでになった！」

かつかつと馬の蹄の音が石畳に響く。六頭立ての白馬に引かれた真っ白な馬車がやってくる。

わっと人々がどよめく。そして――一瞬の沈黙。

馬車に乗った皇太子は、オーランドの国花の百合《ゆり》を刺繍《ししゅう》した真っ白な礼服だ。目も覚めるような玲瓏たる美貌に、人々はため息をつく。

そして、皇太子妃は——鮮やかな深紅と緑のウェディングドレス姿であった。

かつて色物のウェディングドレスを召した皇太子妃はオーランド史上一人もいない。

絞り立てのミルクのような真っ白な肌に煌めく黄金の髪、エメラルドグリーンの瞳に形の良い紅唇、総レースのウェディングドレスは上衣は深紅で、スカートは大きく拡《ひろ》がった裾に行くにつれ深い緑色のグラデーションになっている。

まるでこの世の春の祝福を全てもらった花の女神のような装いに、人々は声も忘れて魅入ったのだ。

そしてなにより、赤と緑はオーランドの国旗の色であったのだ。

「万歳！」「皇太子殿下万歳！」「皇太子妃万歳！」「オーランド国万歳！」

次の瞬間、弾けるような歓声がこだました。

人々の祝福の声は、地面を揺るがすほどだった。国旗が振られ通りに花が投げ込まれる。

馬車の上の皇太子夫妻は、にこやかに沿道の人々に手を振る。

その絵に描いたように艶《あで》やかな姿は、見る人全員を幸せな気持ちでいっぱいにした。

この二人なら、未来のオーランド国を平和に豊かに導いてくれるに違いない、と誰もが確信した。

万歳の声は止むことなく、いつまでもいつまでも沿道に響いていた。

王宮での皇太子夫妻の結婚の祝いは三日三晩続いた。

二人は大勢の国賓のお祝いに応え、舞踏会でダンスを披露し、宮殿の前庭は一般の人々に開放し、パレードを見損ねた人々が次々に祝福に訪れるので、バルコニーに何度も出ては挨拶の手を振る。

それはそれはめまぐるしくも幸福な数日だった。


結婚式の行事が全て終わり、やっと夫婦水入らずで過ごせるようになった初冬の朝。


「リュシアン様、今晩は私たちの晩餐《ばんさん》に私のだいじな方をお招きしてもいいでしょうか？」

朝食の席でエヴリーヌが控え目に尋ねる。

「君のだいじな客だと？」

コーヒーカップから顔を上げてリュシアンが怪訝そうな顔をする。

「はい、やっと私たちも落ち着いたので、お招きしてリュシアン様にもご紹介したいのです」

リュシアンは口元を持ち上げてにやりとする。

「アマガエル様ご一行か？」

エヴリーヌは苦笑いして答えない。

「好きにするがいい。今晩はサーモンだな」

残りのコーヒーを呑み干すと、リュシアンは政務に行くため立ち上がる。

エヴリーヌも素早く立ち上がり、リュシアンの前に回りボウタイの乱れを直してやる。

「行ってらっしゃいませ」

「ああ」

二人は軽く口づけを交わす。それはもうすっかり息の合った夫婦の姿だ。

リュシアンが部屋を出ていくと、エヴリーヌは深呼吸をひとつした。

「今晩は私の人生でも一番緊張するかもしれないわ。頑張ろう」


その日の晩餐の席は、エヴリーヌが自らセッティングした。

最高級の銀の食器、糊のきいたナプキン、銀の燭台、食卓を飾る花は匂いのきつくないものを選ぶ。

晩餐用のシックなビリジアングリーンのドレスに着替えたエヴリーヌは、そわそわしながらリュシアンの帰りを待つ。時間通りに戻ってきたリュシアンは、綺麗に整えられた食卓に目を丸くする。

「これは――アマガエルの王様が客人か」

エヴリーヌはどきんとするが、平静を装って微笑《ほほえ》む。

「さあ、急いで着替えてきてください。お客様はもうすぐおいでです」

「君の仕掛けるサプライズが楽しみだ」

リュシアンは次の間に姿を消す。

心落ちつけようと深く息を吸っていると、食堂の扉が軽くノックされる。

「――お招きに預かった」

エヴリーヌはネリーに合図して、扉を開けさせる。


「スーツはこのグレイでよかったか？」

ほどなくディナースーツに着替えたリュシアンが戻ってきた。

「ああ、リュシアン様、お客様はもうお見えです」

エヴリーヌがリュシアンを出迎え背中を押す。

「お待たせしました、私が――」

食堂に一歩踏み入れたリュシアンが声を呑《の》む。テーブルの一番奥の席に客人が座っていた。

「皇太子妃のぜひにとのお招きに、今夜参った」

低く張りのある声。

「――国王陛下」

そこにはオーランド国王その人がいた。リュシアンは射るような目でエヴリーヌを睨《にら》む。

「これはなんの茶番だ？」

エヴリーヌは必死でその鋭い視線を受け止めて言う。

「茶番ではありません。私のだいじなお方、それはあなたのお父上であり私の義理の父上でもあるのです。お招きしてなにか問題がありますか？」

リュシアンはぐっと言葉に詰まる。そのまま彼は無言で自分の席につく。

エヴリーヌもネリーに椅子を引いてもらい、そっと着席する。

「今宵《こよい》は私たち親子で水入らずで楽しみましょう」

なるだけ明るい声で言ったのだが、リュシアンはそっぽを向いているし国王は気まずそうに沈黙している。

晩餐が始まった。

リュシアンは最初に出会った頃のように、むすっと下を向いてもくもくと食事をする。間が保たないので、エヴリーヌは努めて国王と会話を弾ませようとした。

「今年のサーモンはとても油が乗って美味しゅうございますね」

「うむ、去年より漁獲高が少なめなのが気になるので、今年は繁殖に重点を置くことにしたのだよ」

「まあ、そうやって魚の数も調整しているのですね」

ちらちらと向いのリュシアンに視線を送るが、彼は知らん顔だ。

（もう、そんなにすねなくてもよろしいのに。せっかくお二人に親密になって欲しくてセッティングしたのに……）

エヴリーヌは気が気ではなく、食事の味もわからない。

ぎくしゃくした空気の中、晩餐は進んだ。

デザートの頃になって、ふいに音もなくシャルロが現れそっとエヴリーヌの背後に跪《ひざまず》いた。

リュシアンが不審げにちらりと視線を上げる。

「皇太子妃様――ただいまご到着になりました」

ひそひとととシャルロが声をかける。エヴリーヌは緊張で頬《ほお》をさっと染めた。

「わかりました――お連れして」

再びシャルロがすっと出て行く。エヴリーヌは小さく咳払《せきばら》いすると、二人に向かって言った。

「あの、実は私、もうひと方お客様をお招きしているんです。ちょっと遠方よりおいでなので、ただ今到着したとのことで。ご案内してよろしいでしょうか？」

国王とリュシアンが同時に顔を上げる。

「もうひと方？」

ほぼ一緒に同じ言葉を発した二人は、居心地悪そうに口をつぐんだ。

その時、シャルロに案内されさらさらと衣擦れの音をさせながら一人の女性が入ってきた。

銀髪が美しい初老の貴婦人だ。

「あっ⁉　あなたは？」

国王が愕然として声を上げた。リュシアンがその国王の様子にいぶかしげな顔をする。

エヴリーヌは素早く立ち上がって貴婦人を出迎える。

「ようこそ遠路はるばるおいで下さいました」

貴婦人は優雅にうなずく。

「いいえ、モルブルグは久しぶりで、とても懐かしかったですわ」

エヴリーヌはテーブルの二人の方を向く。

「ご紹介しますわ。マダム・ドヌーヴ——私たちのおばあ様に当たるお方です」

国王ががたんと席を立つ。

「マダム・ドヌーヴ！　お久しぶりです……」

その声が震えている。マダム・ドヌーヴは穏やかな顔で微笑む。

「国王陛下、本当にお久しぶりですわ。娘フランソワの葬儀以来ですか」

「母上の——？」

さすがのリュシアンも色を失って立ち上がった。


席に着いたマダム・ドヌーヴは、美しい所作でティーカップを手にする。

「田舎にずっと引きこもっていた私を、皇太子妃様がわざわざ馬車を寄越してお招きくださったのですよ」

エヴリーヌは頬を染める。

「いえ——私はただシャルロに頼んだだけです。彼がマダムの居所を探して、馬車を手配してくれたのです」

　リュシアンがちらりと部屋の隅に待機しているシャルロを見る。シャルロは顔色一つ変えず直立している。

　国王はひどく緊張した面持ちで言う。

「ずっと、マダムのことは気にしておりました――ただ、私と接するのは悲しい思い出を蘇《よみがえ》らせるのでは、と躊躇《ちゅうちょ》しておりました」

「悲しい――そうね、娘の死は本当に辛かったわ」

　国王はうなだれる。

「でも本当に辛かったのは、娘でしょう。幼い皇太子を残してこの世を去らなければならなかったのですもの」

　リュシアンがはっと顔を上げる。マダム・ドヌーヴは慈愛に富んだ目で彼を見る。

「ご立派になられたこと。葬儀の頃はまだほんの赤子でしたものね」

「初めてお目にかかります、マダム・ドヌーヴ」

　リュシアンは丁重に頭を下げ感慨深げな声を出す。マダム・ドヌーヴはうなずきながら続ける。

「そしてなにより、娘は愛する国王陛下のことを息を引き取るまで気にしておりましたよ」

　国王はびくりと眉を震わせる。

「妻は――フランソワは、私を恨んでいたでしょう」

マダム・ドヌーヴは驚いたように首を振る。

「なぜそのようなことを。娘は国王陛下に花嫁に選ばれたことを心から喜んでいましたわ」

「しかし――」

国王が言い募ろうとすると、マダム・ドヌーヴは哀愁の籠った表情になる。

「娘は陛下をそれは愛しておりました。でも自分は籤引《くじび》きで選ばれた花嫁。陛下のお気には召さなかったのではと、ひどく気に病んでおりました。いつも陛下がよそよそしいと、娘はしょっちゅう私に嘆きの手紙を送ってきたものです」

国王は呆然《ぼうぜん》とする。

「そんな――私こそ、彼女に愛されていないと思い込んでいたのに」

マダム・ドヌーヴが悲しげに首を振る。

「お若い二人は、互いの心をなかなか開けなかったのね。きっと年月があれば、いつかお二人の気持ちがひとつになったでしょうに。可哀想な私の娘には、その時間が与えられないままだった――」

ふいにマダム・ドヌーヴはハンカチを取り出すと口元を覆った。

声もなく嗚咽《おえつ》するマダム・ドヌーヴの姿に、その場にいる者全員が胸を打たれた。

「マダム・ドヌーヴ、どうかお許しください。私はフランソワを心から愛していた。なのにその気持ちを彼女に伝えることができなかった――そして息子にも同じ仕打ちを――」

感極まった国王は声を詰まらせ、テーブルの上に置いた手が微《かす》かに震えている。

「――ち……」

リュシアンが思わず声をかけた。

「父上――」

彼のしなやかな手が、そろそろと震える国王の手に重ねられる。

国王は驚いたようにリュシアンを見た。リュシアンは視線を反《そ》らさずうなずく。

国王のもう片方の手が、そっとリュシアンの手に重なる。

エヴリーヌは涙ぐみながら、そんな二人の姿を見つめていた。

（ずっと国王陛下とリュシアン様が心を開く日を願っていたの――ああ、思い切ってマダム・ドヌーヴにお声をかけて本当によかった。きっと、天国のリュシアンのお母様も喜ばれているに違いないわ）

食堂の隅に控えていたネリーがもらい泣きしている。シャルロが恥ずかしそうにハンカチを手渡し、ネリーは頬を染めてそれを受け取った。

最終章　溺愛される花嫁

晩餐後、積もる話がある国王はマダム・ドヌーヴと自分の私室に引き上げた。

「穏やかな夜だ、少し庭を歩かないか」

リュシアンがエヴリーヌを誘う。

空には秋の星座が煌めき、無数の虫の音が美しいハーモニーを奏でている。無言で先を歩くリュシアンの後に従う。その背中が内心の葛藤を物語っているようで、エヴリーヌは黙って歩を進める。

「母上は——幸せだったのだな」

ぽつりとリュシアンが言う。

「ええ、きっと」

力を込めて答える。

「私が幼い頃、宮中の心ないものたちの噂《うわさ》を耳にした。母上は冷酷な父上の仕打ちに耐えられず、心も身体も病んで亡くなったのだ、と。それは小さな私にはひどいショックだった」

「なんてひどいことを——」

「それから私はずっと父上にも周囲にも心を閉ざして生きていた。誰にも本当の自分を見せまい、と肩肘を張って生きてきたのだ」

ふいに彼が振り返った。

「そして、君に出会った」

いつになく穏やかな口調だ。

「十歳の時に、鏡の前で天使のように踊っている君を見た。世の中に、こんなにも美しく清純なものがあるのだろうか、と少年の私はひどく心打たれた」

ふっと苦く笑う。

「だが意地っ張りの少年は、少女をからかうことでしか気持ちを表すことができなかったのだ」

エヴリーヌは一言一句聞き逃すまいと息を凝らして聞いている。

「少年の心の中で少女の面影は日増しに大きくなっていった。彼は思った。いつかその少女を自分のお嫁さんにしようと」

「……リュシアン様」

喜びで胸がいっぱいになる。リュシアンはてらいもなくこちらを凝視めてくる。

「少年の夢はかなった」

彼が左手を差し伸べる。その手にそっと自分の左手を載せると、ぎゅっと握りしめられた。

二人の薬指には神に永遠の愛を誓った証《あかし》の、金の結婚指輪が嵌まっている。

った。


「愛しています」

心を込めて言う。リュシアンが愛《いと》おしげにうなずき、さらにきつく指と指を絡める。永遠と思われるほど見つめ合っていた。そして、エヴリーヌは彼に最後の殻を破って欲しかった。

「——あの、どうか……」

胸がばくばく言うほど緊張してきたが、思い切って声に出す。

「私のことも、愛しているとおっしゃってください」

リュシアンが目を見張る。

「……」

逡巡《しゅんじゅん》している彼に、さらに言い募る。

「気持ちを伝えてください。どうか、言葉にして。それともリュシアン様は私と同じ気持ちではないというのですか？」

リュシアンの頬が微かに赤くなる。

「——愛しているに決まっているだろう」

なぜだか怒ったような声だ。嬉し涙があふれそうになったが、ぐっとこらえる。

「嘘《うそ》でしょう——リュシアン様はあまのじゃくなお方ですもの」

するとリュシアンはむきになって言う。

「嘘なものか。愛している。ずっとずっと君だけを愛していたんだ」

もはや涙をこらえることができず、ほろほろ泣いてしまう。

「う、そだわ。信じられない。いつもの軽口でしょう」

「愛していると、何度言えばわかる」

乱暴に引き寄せられぐっと顔を近づけられる。リュシアンはエヴリーヌが微笑みながら涙を流していることに気がつく。

「――っ、私を引っ掛けたな」

悔しげに眉を寄せる彼に、エヴリーヌはぎゅっと抱きつく。

「だって、いっぱいいっぱい聞きたいんです。溢《あふ》れるぐらい愛の言葉が欲しいの」

リュシアンが肩を掴《つか》んで顔を見合わせたかと思うと、激しく唇を奪ってくる。

「あ……ふ……んんっ」

たちまち甘い舌を搦めとられ、きつく吸い上げられる。

「んぅ、んふぅん……」

愛し愛された者同士の口づけと思うと、いつもよりもいっそうに身体が昂《たかぶ》り、心も熱く蕩《とろ》けてしまう。自ら積極的に舌を差し出し彼の柔らかな舌の感触に酔う。

「んっ……ふ、ぁあ……」

心も身体も丸ごと奪うようなキスを受け、足腰がすっかり立たなくなってしまう。長いキスの後、唾液の糸を引きながらリュシアンが熱っぽい声で言う。

「お望み通りにしてやろう」

そう言ったとたんエヴリーヌを軽々と抱き上げ、再びキスを仕掛けながら部屋へ向かう。

寝室にたどり着くと、ベッドに横たえられ素早くドレスを剥ぎ取られてしまう。

「あ、ま……」

剥《む》き出《だ》しになった乳房を両手で覆い、あわててシーツの上を後ずさりすると、ぐいっと両足首を掴まれ引き戻される。

「待たない」

リュシアンは自分の上着を脱ぎ捨てると、のしかかって頬や耳朶《じだ》にキスを繰り返す。

「愛している、愛している」

熱い息を耳孔に吹き込みながら、背中に響くようなバリトンの声でささやかれ震えるほど幸せな気持ちになる。乳房を覆う両手を掴まれ大きく左右に押さえつけられ、露《あらわ》になった真っ白な乳丘にもキスが雨あられと降り注ぐ。

「愛している、愛している、たまらないほど愛している」

ちゅっちゅっと紅《あか》い乳首の先を啄まれると、じんと痺《しび》れるような愉悦が身体を駆け巡り異様なほど昂《たかぶ》ってくる。

「あ……そんなに……しちゃ……ぁあ……やめ……て」

愛の言葉だけで達してしまいそうに心地好《い》い。

「やめない、愛している、愛している」

リュシアンは間断なくささやきながら、腹や臍まで舌でなぞり、下腹部から太腿《ふともも》ふくらはぎ爪先と、まんべんなくキスをしていく。

「は……あぁ、あぁん」

彼の唇の触れるどこもかしこも信じられないほど敏感になり、熱く悦《よろこ》びに打ち震える。再び胸元まで戻ってきたリュシアンは、潤んだ青い瞳でじっと見つめてくる。

「愛している、愛しているよ、エヴリーヌ」

「私も、愛しています、あなたの倍も」

「いや私はその十倍は愛してる、十歳の頃から十年、想《おも》い続けてきたのだ」

「いいえ、時間ではないわ。私の方がずっと深いもの」

「いや私の愛は果てしなく広い」

しばらくどちらがより愛しているか言い争う。負けず嫌いのリュシアンがむきになって言い募るのが可笑しくて、エヴリーヌはついにくすくすと笑い出してしまう。

「もう負けました。あなたの方が愛しているということにしましょう」

リュシアンはすねたように形の良い口を尖《とが》らす。

「なんだか勝ちを譲られたようで気分が悪い」

「もう……っ」

呆れて首を振ると、再び唇を奪われる。

「んうっ……」

「この生意気な口がいかん。生意気で可愛《かわい》らしい唇が――」

唇を割られ、口腔《こうこう》を舐《ねぶ》られ喉奥にまで熱い舌が押し入ってくる。

「ふぅ……ん、んぅうっ……」

息が出来ず苦しげに首を振っても離してもらえず、背中を抱き寄せられ存分に舌を吸い上げられる。

「あ……ふ、あぁ……んんぅ、んんんっ」

心地好過ぎて気が遠くなる。かあっと全身が燃え上がり、びくびく引《ひ》き攣《つ》る。このままでは気を失ってしまう。

「んんんぅ、は……ぁあ、んぁあぁ」

彼の胸をどんどんと小さな拳で叩《たた》いて解放を求めるが、リュシアンは許さない。深い陶酔が頭を満たし魂まで吸い取られ、身体中の力が抜けてしまう。

「は……んあぁ……あぁあっ」

とうとう深い絶頂に達してしまう。

エヴリーヌがぐったりと腕の中にもたれかかると、リュシアンはようやく唇を離し、頬《ほお》を桃色に染めて朦朧《もうろう》としている彼女の表情を凝視めた。

「とうとうキスで達するようになったか？」

「や……言わないで……っ」

愛の言葉に満たされて、身体がいっそう感じやすく淫らになったようだ。

「まだまだだ。溢《あふ》れるほど愛されたいのだろう？」

きゅっと尖《とが》った乳首を捻《ひね》られ、びくんと腰が跳ねてしまう。

「あっ」

「愛している、この可愛らしく感じやすい乳首も」

リュシアンの巧みな指が敏感な乳首を引き延ばしたり捏ねたりするだけで、じんじん子宮が疼《うず》き、熱い蜜が股間から溢《あふ》れてしまう。

「あぁん……あぁ……」

激しく膣壁が蠢《うごめ》き、腰がもじもじと物欲しげに突き出してしまう。その腰にリュシアンの下腹部が触れると、トラウザーズ越しにも彼の欲望が硬く隆起しているのがわかり、さらにかーっと体温が上がっていく。

「んぁ、あ、はぁ……」

ぴたりと腰を押し付けて、誘うように蠢《うごめ》かせ男の滾《たぎ》りを刺激する。そうすると布地が秘裂を擦り、たまらなく気持ち好い。膨れた秘玉もずりずりと擦られ、誘っているのか誘われているのか判然としないまま、無意識に腰を擦り付ける。

「なんていやらしい腰使いだ。淫らなお姫様だな」

「は……あ、こんな私、嫌ですか？」

全身を桃色に染め上げて喘《あえ》ぐと、リュシアンの方から腰を押し付けてくる。

「いや、淫らな姫君を愛している。いやらしい君を愛している」

「あ、あぁん、そんなこと……恥ずかしい……っ」

ぐりぐりと腰を回すように押し付けられ、それでまた軽く達してしまう。

リュシアンのトラウザーズの前が、溢《あふ》れた愛蜜でぐっしょり濡《ぬ》れてしまう。

「は――見ろ、びしょびしょだ」

「あぁ、やぁ……」

「脱いでしまうぞ」

リュシアンは身を起こすとさっとトラウザーズを引き下ろした。つやつやと赤黒く光り腹に付くほどに勃起した男根が現れる。

「あ……」

その猛々《たけだけ》しい美しさにうっとりと見惚《ほ》れてしまう。

「ああ、素敵です……リュシアン様のものがとても愛おしいです」

するとリュシアンが彼女の背中を抱き起こし、手を取ってそっと自分の欲望に触れさせる。

「あっ、熱い……」

リュシアンは自分の手を重ねて柔らかく肉胴を握らせる。

「触って」

熱くみっしりした肉楔をおずおず握り込んでみる。エヴリーヌの小さな手には余るほどの太茎に、どきどき胸が高鳴る。今までも手で触れることはあったが、今日ほどしみじみ彼の怒張の感触や形を愛おしいと思ったことはない。湿り気を帯びたそれをゆるゆると手を上下させて扱いてみる。

「――っ」

リュシアンが気持ち好さそうなため息を漏らす。

「君の柔らかな手を愛している」

「リュシアン様……」

胸の奥から喜びが込み上げ、身体の芯が甘く疼《うず》く。彼が感じていることが嬉しい。彼を感じさせている自分が誇らしい。

「あ、凄……また大きく……あぁ」

優しく扱《しご》くたびに脈打つ肉胴が膨れ、先端の割れ目から透明な先走りが溢れて手をぬるぬると濡《ぬ》らす。その液でさらに滑りの良くなった肉棒を、ぬちゅぬちゅと夢中になって扱《しご》き上げる。

「いい――エヴリーヌ」

リュシアンの潤んだ目、密《ひそ》やかなため息、掠《かす》れた声、なにもかもが愛おしく、もっと感じて欲しいと思う。気持ちがどんどん高揚する。

思わず顔を寄せ、膨れた亀頭の先にキスをする。

「――っ」

リュシアンが、驚いたように息を弾ませる。

今まで指示されて口腔愛撫《あいぶ》をしたことはあっても、エヴリーヌ自らが進んでその行為をすることはなかったのだ。唇で亀頭の周りを撫で回し、そっと口腔に含む。

「――その可愛《かわい》い唇を愛しているよ」

リュシアンが声を切なく震わせる。

「ん、んんぅ……」

えも言われぬ男の芳香が鼻腔《びこう》を満たし、先走りのぬるぬるした感触がエヴリーヌの情欲を煽る。

「ふぅ……くぅ……んんぅ、んっ」

膨れた肉胴を喉奥まで呑み込み、また吐き出すことを繰り返す。脈打つ血管に沿って、舌をちろちろと這《は》わせる。

「んんぅ、ふ、くぅ、んんっ……」

先端から溢れる液を啜《すす》り上げ、硬い亀頭の先が舌腹をぐりぐり擦ると、頭がくらくらするほど興奮してしまう。膣奥がきゅんとして、とろとろ愛蜜が溢れ返る。

彼を愛している。彼の喜ぶことなら、なんでもしたい。

「ふぅ、はぁ、んん、んぅ」

顎がだるくなるほど口腔愛撫に耽《ふけ》る。唾液にまみれた太茎の隅から隅まで舐《ねぶ》り、柔らかな陰嚢まで舌を這わす。

「ん……は、んぅ、く……ぅ」

思い切って陰嚢まで口腔に含んでみる。柔らかな袋の中にこりっと丸い感触があり、それを舌で転がすと、リュシアンの腰がぶるっと震えた。

「ああエヴリーヌ——もう」

彼の両手が頬を挟み、そっと顔を上げさせる。青い目が愛おしげに見つめてくる。

「嬉しいよ、そこまでしてくれるなんて、危うく君の口で達してしまいそうだった」

エヴリーヌも心を込めて見つめ返す。

「いいのに――」

するとリュシアンが優しく首を振る。

「いや、君の中で――君と一緒に」

腰を引き寄せられ、彼の膝上に向かい合わせにだっこされる形になる。

「愛している」

甘くささやかれ、また唇を塞がれる。

「んふぅ……」

夢中になって舌を絡め、深い口づけのもたらす喜悦に酔いしれていると、背中を撫で回していたリュシアンの手が、双臀の割れ目からふいに蜜口に触れてくる。

「はぁ、あっ、やっ」

とたんに痺れるような愉悦が腰を襲い、びくんと跳び上ってしまう。

「この濡れやすい花びらも愛している」

くちゅくちゅと濡れに濡れた蜜口を掻き回されて、恍惚《こうこつ》として仰《の》け反《ぞ》ってしまう。

「あ、はぁ、あ、リュシ……」

欲しい。早く愛しい人の熱い欲望で、自分の疼く肉腔を満たして欲しい。

「お、願い……リュシアン様……来て、もう……」

喘ぎながら腰をもどかし気に蠢《うごめ》かすと、彼の指がぬぷりと秘裂を大きく開く。

「もちろんだ」

硬く滾《たぎ》った先端でひくついた媚肉の中心を突《つ》かれると、それだけで軽く達してしまう。

「んあぁ、あ、も、早く……」

思わず自ら腰を沈めてしまう。ずずっと膨れた亀頭がひりつく柔襞を押し広げて侵入してくる感触に、歓喜して声を上ずらせる。

「はぁっ、あ、あぁあっ」

「自分で挿入《い》れてしまうなんて、なんて淫らなんだ」

リュシアンが耳元で荒い息をつきながら、下から思い切り突き上げてくる。

「ひあぁ、あ、すご……あぁ、深……いの」

ぐうっと子宮から脳芯まで響くような愉悦に、悲鳴のような嬌声を上げて喘ぐ。

「ああ——君の中、熱くて——愛している、愛している」

「愛している」とささやくごとに、ずんずんと激しく穿たれる。

「んぁ、あ、あぁ、私も愛してる、あぁ、大好き……っ」

満たされた悦びに媚肉がぐいぐいと男の肉胴を締め付け、さらなる快感を得ようとする。

「はぁう、あぁ、もっと……あぁ、もっと突いて……っ」

リュシアンの首にしがみつき、彼の律動に合わせて腰を押し回すよう蠢かす。そうすると太い肉茎の根元が、敏感な秘玉を強烈に擦り上げ、気が遠くなるほど気持ち好い。

「いいとも、エヴリーヌ。好きなだけ――」

リュシアンは彼女の細腰をしっかり抱えると、ずちゅずちゅと高速で抜き差しする。

「ひぁ、あ、も、達く……あぁ、また達っちゃう……っ」

がくがくと揺さぶられながらエヴリーヌは熱く喘《あえ》いで身《み》悶《もだ》える。

「可愛いよ、すぐ達してしまう君も愛してる――っ」

リュシアンの全身から玉のような汗が滴り落ち、二人の身体がぬるぬると滑る。

「は、はぁ、ふあぁ、あぁあん」

上下にゆさゆさ揺れる乳房が、彼の濡れた胸板に擦れ乳首が痛いほど感じてしまう。

「あ、胸がぁ……あぁ、奥が……あぁ、どこも熱く……て」

あまりの愉悦に四肢が蕩《とろ》けて痺《しび》れてしまう。

媚襞の奥まで突き上げられると、脳裏が真っ白になり理性が飛んでしまう。

「すご……あぁ、もっとぐちゅぐちゅして……もっと突いて……ぇ」

自分で淫らなお願いを口走っていることすら気がつかない。

「いいとも、愛しいエヴリーヌ、もっとしてあげる」

リュシアンはぎゅっとエヴリーヌを引きつけ、柔らかな臀部《でんぶ》を掴《つか》むと、ずくずくと腰に打ち付けるようにする。

「ひぁあ、あ、すごい……あぁ、すごいのぉ」

短い絶頂が間断なく襲ってくる。

「あ？　どうしよう、あぁ、また……あぁ、またぁ……っ」

達きっぱなしという経験を、エヴリーヌは生まれて初めて味わう。

「──く、すごい締まる」

艶《なま》めかしい声でリュシアンが呻く。

「気持ち好い？　感じている君も愛している」

燃えるような頬に唇を押し付けられ、それにすらぞくぞくと感じてしまう。

「……の、気持ち好いの……ぁあ、リュシアン様……っ」

感極まって男の背中に爪を立てて淫らに喘いでしまう。

「嬉しいよ──愛している、エヴリーヌ、愛している」

一段と膨れた肉棒が、蠢《うごめ》く濡《ぬ》れ襞《ひだ》を押し開き突き上げ引き摺り出すを激しく繰り返す。

「あ、んぁ、あ、と、止まらない……ぁあ、止まらないの……」

半ば開いた唇から唾液が滴り、緑の目がうつろにぼやける。その妖艶な表情にリュシアンの欲望にさらに火が着く。

「素敵だ、淫らで美しい──エヴリーヌ、私のエヴリーヌ」

ぐいぐいと蜜壷《つぼ》全体を掻《か》き回《まわ》すように抽送され、歓喜に媚襞が肉楔をさらに奥へ奥へと引き込もうとする。

「リュシアン……様、あぁ、もっとして、いっぱいにして……っ」

愛する人とひとつになり快感を共有する喜び。求めれば求めるほど与えられ、際限のない絶頂を二人で貪る幸せ。

「こうか？　エヴリーヌ、これが好き？」

灼熱の欲望がエヴリーヌの一番感じる部分を的確に突き上げる。

「ふぁ、あ、好き……あぁ、好きよ……好き」

歓喜に震えた濡れ襞は際限なく愛蜜を吹きこぼし、ぐちゅぐちゅと淫猥《いんわい》な音を寝室に響かせる。

熱い、気持ち好《い》い、もう何も考えられない。リュシアンだけを感じ、リュシアンだけのものになる。二人の鼓動も呼吸も腰の動きもぴったりとひとつになり、煌めく天空へ昇っていく。

「はぁああ、あ、も、だめ……も、お願い……ぁあ、もう来て……っ」

気が遠くなり脳裏が真っ白に染まる。最後の絶頂の大波が押し寄せる。

ぎゅっとリュシアンの首にしがみつき、感極まって彼の耳朶《じだ》を甘く噛む。

「ああ——達くよ、エヴリーヌ——一緒に」

リュシアンがびくびくと腰を震わせ、最奥をひときわ強く穿つ。

「ひ……ぁあ、あぁあぁ、ぁぁあっ」

エヴリーヌは限界に達し、ぴーんと全身を強《こわ》ばらせる。熟れた媚肉が激しく収縮を繰り返し、男の滾りを締めつける。

「エヴリーヌ——全部、あげる……っ」

リュシアンがその直後、最奥で激しく白濁を飛沫《しぶ》く。

「は……あぁ、あああぁあぁっ……」

熱い奔流が子宮口で渦巻き、それをことごとく膣壁が呑《の》み込《こ》んでいく。

「……は、はぁ……ぁ……」

どっと熱い汗が全身から吹き出す。

二人はきつく抱き合い、愉悦の余韻を共有する。熱い頬と頬を寄せ合い、互いの呼吸の激しさを感じる。

「――素晴らしかった」

リュシアンが耳元でささやく。

「……私も……」

歓喜の頂点から徐々に降りてくるこの瞬間が、少し恥ずかしくでもこそばゆく嬉しい。すべてがリュシアンだけで満たされているこの至福の時は何ものにも代え難《がた》い。

「――愛している」

「愛しています……」

啄《ついば》むような口づけをしながら、互いに愛をささやき合う。

「……私、きっと世界一の幸運者です、もう一生分の運を使い果たしてしまったかも」

まだ早い鼓動を打つ彼の胸に顔を埋め、つぶやく。

「ん？　どうしてだ？」

金髪を優しく撫でながら、リュシアンが首を傾ける。

「だって——あの花嫁選びのとき、リュシアン様が私の色の玉を引いてくださったから、私は今、ここにこうしているのだもの」

もしリュシアンが他の花嫁候補の色を引いていたら——と考えるだけで、ぞっとして胸が押しつぶされそうだ。

「この幸せをこの喜びを、リュシアン様が他の方と分かち合うなんて——私は耐えられません」

いやいやと首を振って、暗い思考を吹き払おうとする。

「ふ——」

ふいにリュシアンが口元を押さえて含み笑いする。

「ふ、ふふっ——はは、ははは」

堪えきれず声を上げて大笑いし始める。

「なに？　どうしてお笑いになるの？　私は真剣に——」

エヴリーヌはぽかんとする。

「ははは、いや、すまない、君がそんなに幸運だとは私も知らなかったよ」

真摯な想《おも》いを茶化されたようで、むきになって言う。

「リュシアン様だって、私以外のお方をお選びだったらどうなさるおつもりだったの？　私のことは諦めて、その人とご結婚なさっていたかもしれないのよ！」

「は、は——それはない、絶対にありえないよ」

リュシアンはようやく笑いを収め、くしゃくしゃっとエヴリーヌの金髪を掻き回す。

「私は初めから、君以外の女性と結婚する気はなかった。ずっと君を私のものにすることを願っていたのだ。だから——」

リュシアンは悪戯《いたずら》っぽく片目をつぶる。

「君が年頃になったら他の奴らに奪われないよう、ありとあらゆる手を打ったのさ」

エヴリーヌはあっと声を上げる。

「え？　じゃあ、国中の貴族の家に私に求婚しないようにとお布令を出したのは——」

「もちろん、私だ」

エヴリーヌはあぜんとしてしまう。

「そんな——私は自分に魅力がないからだと、ずいぶん悩んだのに」

リュシアンはなだめるように彼女の柔らかな頬《ほお》を撫《な》でる。

「それはすまないことをしたが、すべては君を花嫁選びの席に呼ぶためだ」

しかしまだ納得がいかなかった。

「でも結局、籤《くじ》が私に当たらなかったらどうなさるおつもりでしたの？」

「絶対に私は君を選んだ」

きっぱり言い切られ、エヴリーヌは疑わしげな表情をする。

「なぜなら——」

リュシアンは鼻と鼻がくっつくくらいに顔を寄せ、にやりとする。

「あの箱には、白い玉しか入っていなかったのだからな」

「ええっ？」

あまりの驚きに口がぱかっと開いてしまう。

「あらかじめ手を回して、あの箱の中の玉はすべて君の花の色、白いものに替えてあったのだ」

「ま――」

呆然《ぼうぜん》と言葉も出ない。鳩が豆鉄砲を食らったような顔をしているエヴリーヌに、リュシアンは得意げに続ける。

「建前は公平な籤ということにしておかないと、残りの令嬢たちに失礼にあたるだろう？　当て馬にされたなどと思われるよりは、皇太子の花嫁候補に選ばれたという栄誉を胸に、お引き取り願う方が穏便に済むというものだ」

「あきれた――」

それでは最初からエヴリーヌが花嫁に選ばれることは決まっていたのだ。あのとき、極度に緊張して籤の結果を待っていた自分がなんだかばかみたいだ。

「私までだまして、本当にお人が悪い」

リュシアンはちゅっと鼻先にキスをした。

「そういう私が、好きなのだろう？」

自信満々に言われ、くやしいがうなずいてしまう。

「――ええ……好き」

リュシアンが満足そうに微笑《ほほえ》む。それから右の掌《てのひら》をゆっくり開く。

「この傷跡。これは私の名誉の負傷だ。少年の私はこの傷跡を見るたびに、必ずあのアマガエル姫を我がものにするんだ、と自分に誓ったものだ」

胸がきゅんとする。

「僕の、だいすきな、お姫さま」

思わず口をついて出た。

とたんにリュシアンの顔がぱっと火のついたように真っ赤になった。

「――それは、どこで……!?　時計塔か!?　み、見つけたのか」

（あらあらリンゴみたいに真っ赤になって）

エヴリーヌは思いもかけずリュシアンの弱みを握ったのだ。さっきまでの不遜なくらい自信に満ちた態度が消え失せ、狼狽《うろた》えている。そんなリュシアンを見るのは初めてで、いつもやりこめられてばかりいるので嬉しくてならない。

「初めからそのようにおっしゃってくだされば、私だってあなたに怯《おび》えずにすみましたのに」

リュシアンは目を泳がせてぞんざいに言う。

「そんな歯の浮くようなこと、この私がおいそれと言えるか」

「ほんとうに素直じゃないから」

「うるさい、そういう生意気なところが──」

乱暴に唇を奪われる。

「あ……んっ……んんっ」

歯がかちっと音を立ててぶつかるほどの勢いで、がむしゃらに舌を押し入れ口腔《こうこう》を掻き回す。

「ふぅ……ん、や……んんぅ」

舌を思い切り強く吸い上げられ、みるみる理性が蕩《とろ》けてしまう。身体中の力が抜けてくたっとなると、ようやく唇が離れる。

「ず、ずるい、わ……」

息も絶え絶えになって細い肩を震わせていると、リュシアンが攻勢に転じてにやりとする。

「生意気な口がきけないほど、抱いてやる。もっと深く──」

「え？　まだ？」

今さっき果てたばかりだというのに、エヴリーヌの中にまだ収まっていたリュシアンの欲望がむくむくと硬度を増してくる。

「あ、や、もう……無理です、待って……」

押しとどめるより早く、シーツの上に仰向けに押し倒される。

「待たない、もっと苛めてやる」

「や……あぁ、あぁん……」

再び激しく揺さぶられ、あっという間に絶頂を極める。あれほど激しく達したのに、たちまち気持ちが好《よ》くなり絶頂に駆け上る自分は、なんて淫らな身体にされてしまったのだろう。

でもそれが嬉しい。

リュシアンとならどこまでも行ける。

意地悪で、無愛想で、高慢で、ずるい人——でも、誰よりもエヴリーヌを愛してくれる人。

本当は、純情で、はにかみ屋で、高潔で、優しい人。

(愛しています……ずっと)

エヴリーヌの意識は真っ白な愉悦の霧の中へすうっと落ちていく——。


——数年後。

オーランド国王は、御前会議で検討した結果、今後王家の王位継承者は伴侶を自由に選択出来るものとする、との詔勅を下した。


天気の良い夕暮れ時の「天馬の城」は、大理石が陽に赤く染まりそれは見事に美しい。

時計塔の屋上のバルコニーから沈みゆく太陽を眺めていたエヴリーヌは、感嘆のため息を漏らす。

「なんて綺麗——」

そこへぱたぱたと軽い足音がして、誰かが塔の階段を駆け上がってくる気配がした。

「あら？」

エヴリーヌはその足音を聞きとがめ、急いで屋上の出入り口の扉の陰に隠れる。

開いている扉から、年の頃五、六歳の少年が飛び出してきた。

「母上？　あれ、いないのですか？」

戸口できょろきょろしている少年の背後から、エヴリーヌはそっと近づき音もなく抱きすくめる。

「捕まえた！」

「きゃっ」

ふいをつかれて少年が跳び上る。

「ああ、母上、ひどいなぁ」

抱きついたのがエヴリーヌとわかると、少年はほっとして振り返り嬉しそうに笑う。

「ふふ、お帰りなさいオディロン」

エヴリーヌは息子の頬に優しくキスをする。

母の金髪父の青い目を受け継いだ少年は、天使のように清らかな美貌の持ち主だ。

「今日は公爵家の子息子女を集めてのお茶会だったわね、どうだった？」

エヴリーヌが尋ねると、少年は肌理の細かい白い頬をぽっと染めた。

「え？　別に――どうってことは――あの」

少年は急に唇を尖らせて意地悪げに言う。

「一人、仔ウサギみたいにびくびくしている女の子がいたけど」

エヴリーヌは口調を改める。

「オディロン、人間を動物にたとえるのは大変失礼ですよ。特に淑女に向かってそのようなことを言うのは、厳禁です」

オディロンはますます顔を赤らめる。

「ご、ごめんなさい——でも、僕、ウサギは大好きなの」

「まあ——」

エヴリーヌは思わず顔をほころばせる。

「やっぱりあの方の息子ね——つむじ曲がりなんだわ」

「誰がつむじ曲がりだって？」

突然声をかけられ、エヴリーヌははっと振り返る。

すぐそこにリュシアンが立っていた。背後に影のようにシャルロが付き添っている。

近頃のリュシアンは、国王陛下の右腕となって政事にたずさわり、変わらない白皙の美貌に男らしい自信と落ち着きが加わり、いっそう魅力的だ。

「晩餐に母上を誘ってこいとオディロンをやったのに、いっこうに戻って来ないから痺れを切らしたぞ」

オディロンが気まずそうにうつむく。

「いいのよ、オディロン。先にシャルロと食堂へお行きなさい。あ、そう言えばシャルロ、奥様のネリーとは仲良くやっていますか？」

エヴリーヌの言葉に、シャルロは控え目に答える。

「は――おかげさまで」

エヴリーヌは気遣わしげに言う。

「もう臨月ですものね、大事にしてあげて。私、あなたたちの赤ちゃんの名付け親にぜひなりたいの」

シャルロがかすかに頬を染めて頭を下げる。

「ありがたき幸せです」

「シャルロ、行こうよ。僕、また剣を教えて欲しいな」

オディロンがシャルロの腰にぶら下がるように甘える。

「かしこまりました、親王殿下。では、皇太子殿下、お妃様、失礼します」

二人が階段を降りて行くまで、エヴリーヌは慈愛のこもった目で見送る。

ふいに傍らでリュシアンが咳払いする。

「言っておくが、君の夫は私でありオディロンではないからな」

エヴリーヌはわざとらしく目を丸くする。

「あら、おられたんですか？」

リュシアンがむっと顔をしかめる。

「ずっといる」

エヴリーヌは微笑みながら彼の唇に軽くキスをする。

「気を悪くしないで。あなたが側にいるのがあまりに当たり前なので、時々忘れてしまいそうになるの」

「そうはさせない」

ぐっと細腰を引きつけると、リュシアンはしっとりと唇を覆ってくる。

「ん……」

唇を舐められくすぐったくて声を上げると、するりと忍び込んだ舌がエヴリーヌの舌を搦めとる。

「ふ……んふ、ふぅ……」

深い口づけを延々と仕掛けられ、四肢から甘く力が抜けてしまう。

やっと唇を離したリュシアンは、柔らかくなったエヴリーヌの身体をきつく抱きしめる。

「どうだ？　私を思い出したか？」

エヴリーヌは酩酊したような目で彼を見上げて、こくんとうなずく。

「いつもあなたは、私の胸の中の一番だいじなところにいるのよ」

リュシアンが面映い表情になる。

「——愛しているよ」

夕焼けが彼の青い瞳に燃えるように映っている。

それは永遠に消えない愛の炎のようだ。

「私も愛しています」

胸に溢れる想いの丈を込め、エヴリーヌもささやく。

あとがき

皆様こんにちは、すずね凜と申します。

今回は王道の西洋嫁姫、甘い甘いラブラブなお話です。

最近花嫁とか新婚ものにハマっていまして、激甘であればあるほどノリノリになるというか、張り切るというかその世界にのめり込むというか。いや実生活が激辛ですんごく寂しいとか、そういうわけじゃなくて……ごにょごにょ
読者様が読んでいてひととき甘く幸せな世界にトリップしていただければ、こんなに嬉しい事はございません。

また挿絵を担当してくださったウエハラ先生の絵が、本当に素晴らしくて感激ひとしおです。主人公の可愛さと皇太子の少しすねた感じがきゅんきゅんきます。

それから、いつもお世話になりっぱなしの編集さんにも心よりの感謝を。

なによりこの本を手に取ってくださったあなたに、最大級の御礼を申し上げます。

次回も夢いっぱい糖度高めのお話でお会い出来ますように。

すずね凜

Mitsuneko Label

蜜猫文庫をお買い上げいただきありがとうございます。
この作品を読んでのご意見・ご感想をお聞かせください。
あて先は下記の通りです。

〒102-0075　東京都千代田区三番町 8-1　三番町東急ビル 6F
(株)竹書房　蜜猫文庫編集部
すずね凜先生 / ウエハラ蜂先生

溺愛花嫁
〜朝に濡れ夜に乱れ〜

2014 年 8 月 29 日　初版第 1 刷発行
2024 年 2 月 25 日　初版第 2 刷発行

著　者　すずね凜　
発行所　株式会社竹書房
〒102-0075　東京都千代田区三番町 8-1　三番町東急ビル 6F
email：info@takeshobo.co.jp
デザイン　antenna
印刷所　TOPPAN 株式会社

Printed in JAPAN
ISBN978-4-8124-8851-5　C0193
この作品はフィクションです。実在の人物・団体・事件などには関係ありません。

白石まと
Illustration DUO BRAND.
ミッシング
Missing
王太子妃の密室の淫戯
こんなに濡らして、いけない人だ
王太子アーベルに嫁いで二年になるセリア。怜悧で美しい夫はいつも優しいが、彼女は何かが足りない気がしていた。ある日、護衛の男性に迫られている場面をアーベルに見られたセリアは、いつになく冷たい彼に地下室に連れてこられる。「他の男に痕を付けられたあなたには、罰が必要ですね」ベッドに四肢を拘束され、媚薬を盛られて責められ、初めて知る気が狂うような快感。目覚めたあともそのまま監禁され愛され続けるセリアは——!?